中華美食詩詞集 上冊

鳳麟 —— 著

前言

　　中國人的古典詩詞是雋秀的，有意境的。所以，是很美的。中國人的餐飲食品的歷史是悠久的，浩瀚的，五花八門而風格迥異的。所以，她，也是很美的。

　　不僅如此，中國的餐飲食品還養育了聰明、智慧、勤勞的中華民族幾千年了，並將繼續、永遠地哺育著中華民族和全世界的華人以及所有熱愛中餐的人們。

　　就是再有本事的中國人和華人（甚至也包括許許多多的外國人）也離不開自己的一日三餐——中餐。在中餐面前，沒有人可以驕傲。

　　但是，如果把精美絕倫的八大菜系，數以千、萬計的家常菜，以及我們花樣繁多，風味各異的，數不清楚的主食和地方風味小吃與我們的古典詩詞結合起來，那，究竟是一種什麼樣的情景呢？它能為我們帶來什麼呢？

　　這，就是我想嘗試做的。

　　中餐，是人們須臾不可離開的東西。幾千年的歷史已經為中餐積累了極為豐富的文化底蘊和資源。然而，要把這些內容形象而系統地描述出來，卻需要我們去挖掘，整理，讓我們每天的美食，不僅僅可以成為美我們的口福，飽我們的饑腹，以及惠及我們的五臟六腑和生命維繫的物質給養；還

要成為昇華我們的心智，愉悅我們的精神，陶冶我們靈魂的精神食糧。使宏偉瑰麗的「八大菜系」，樸實無華的「家居小菜」，以及那麼多地方小吃和主食麵點都成為極具文化品味的精神食糧。我想，這絕對是每一個鍾情於中華飲食文化的人所夢寐以求的事情。而要實現這些，無疑，我們中國那意味深長而言簡意賅古典詩詞就是絕好的工具了。

　　一個菜，一首詩，無論春夏秋冬；一個菜，一首詞，無論東西南北；一個菜，一首曲，無論古今中外。這是一個何等浪漫的意境啊！

　　你可以設想一下：在自己家庭的後院裡，沐浴著金秋的夕陽，望著色、香、味俱全的中餐美食；吟誦者一首首與之相關的「西江月」「水龍吟」，這是一種何等愜意享受啊！

　　這，就是本詩詞集想做的事情。

　　談到中國古典詩詞，人人都知道，這是一個很美的文化遺產。

　　我們都知道，中國的古典詩詞有一個漫長的發展歷程。從楚之騷，漢之賦，四六對偶之駢語，發展到唐之詩，宋之詞，元之曲，……有一個逐漸繁榮的過程。以至於成為社會生活，文人雅士日常生活的工具甚至習慣。不僅考試做官要用，各種喜慶家宴，逢年過節要用，友人相聚要用，甚至拍馬逢迎也要用。社會的需要導致了詩詞的普及和發展。

　　然而，到了二十世紀，世界變化了，中國變化了。隨著近代科技的發展，白話文的興起，從而導致中國的教育，中國的學校變化了，西洋化了。以傳授古典文學的私塾教育很快消失了。一代一代的後來人對古文漸漸生疏了。一直到今

天，人們的文言文的水準發生了巨大變遷。中國的古典詩詞終於衰落了，斷崖式的衰落了。

然而，隨著科技的發展，人們生活水準的提高，生活內容的豐富，中國古典詩詞的興起，我相信僅僅是一個時間的問題。因為，人們需要更加豐富的精神糧食。好在在我們中華文化的古籍中還保留著，那麼多璀璨的、先人的作品，和成熟格律與規則。

社會一定是多樣化的，人們的生活也一定是越來越豐富多彩的。科技的發展，與文化的多樣化並不是矛盾的。一個民族文化的發展，不僅博采東西南北當代各地的不同民俗與風格，也要匯總有史以來，不同時期的特色和歷史。而且，隨著全球一體化的加快，中國的文化一定會走向世界，世界其他民族的有趣的文化也會影響到中國。這些，都將是一個不爭的事實。

我真誠地相信，在我們的未來，中國的古典詩詞一定會有一個蓬勃的發展。理由很簡單，那就是她的美。這種美是不朽的。這種美，是令人神往的。大凡美的東西一定是有前途的。藝術是美的，所以她不會消失，古典詩詞的美，是我們中國文學的美的一部分，而且，是非常重要的一部分。所以，她也不會消失。

我們期待著我們的中國的教育家能夠最終會重視到對孩子們的中國古文學的教育。

我同樣真誠地相信，我們的中餐——具有悠久歷史和豐富內涵的獨特的餐飲方式，餐飲內容，餐飲器具，餐飲材料以及豐富的餐飲文化，也一定會在今天的世界上得到越來越

多的人的認可和瞭解，得到越來越多的各國人民的喜愛。

　　仔細思考一下，人類社會的數千年裡，能夠真正留下來的人類遺產中，人們對餐飲方面的知識，技巧，以及一切與之有關的內容是所有人類遺產中內容最豐富的一部分，參與的人數也是最多的一部分（全世界所有的家庭每天都在做著這樣的事情）因為這是人類生存的基本需要。也是人類所有的活動的基礎。

　　儘管今天的世界正在變成了一個地球村。儘管世界各國人民的交往日益頻繁，溝通和瞭解也日益深入；儘管當代的經濟已經有了古代先賢們無法想像的進步；儘管今天我們的高科技已經是我們上天入地都成了家常便飯。但是，我們依然離不開文化。離不開我們的精神需求。中國人是如此，外國人也是如此。這就必然要導致文化的融合，中國的餐飲文化也必然會有一個大的發展。不僅僅會有中西結合之現象。就其本身也必然會有一個空前的進步。這是必然的。

　　然而，無論怎樣的發展和融合，中餐所具有的獨特的人文韻味，歷史淵源，以及文化特質都將是值得我們大頌特頌。這，是不會過時的。是值得我們永遠銘記的。

關於中國古典詩詞的簡介

　　中華民族是一個擁有五千年悠久歷史的古老民族。悠久的歷史便能孕育豐厚的文化。而一個民族的文化和傳統既源於本民族的經歷和生活，同時又對這個民族的現實的社會和生活方式有著巨大而無形的影響。我們社會中的每一個人，從一日三餐，到語言習慣；從做人的品德到社會交往；從尊師愛教到敬老攜幼；從琴棋書畫到夫妻之道；從官場吏治到商賈之德，……總之，文化，就像水一樣，浸潤著我們民族每一個兒女的全身，影響著我們的一生的言論和行為。而我們這本書裡所涉及到的中國古典詩詞，僅僅是我們中華文化中的一朵燦爛的小花。

　　說及中國的古典詩詞，那是淵源久遠。自西周早期的詩經開始，至今亦有三千多年了。經過從詩經——樂府——賦——辭——唐詩——宋詞——元曲的不同的發展，變化的階段，而最終形成了一個特有的文學藝術形式。

　　本集中主要是以宋詞和元曲的形式為主，間或有幾首七律（唐詩）。律詩起源於唐朝，有五律，七律之說。五律，即五言律詩。五律，是由五言絕句發展變化而來的。五律，顧名思義，一般是每句五個字，一共有八句（超過八句的律詩為排律）。有固定的平仄格律和韻腳要求；七律，即七言

律詩。每句七個字，也是一共八句。七律的格律是由五律擴展衍申發展而來的。無論是五律，還是七律，其中間四句都是要求對偶句的。第一句可以是入韻，也可以是不入韻的，例如：韓愈的《左遷至藍關示侄孫湘》是以「平」聲開頭，又押平韻。

平平仄仄仄平平，仄仄平平仄仄平。
一封朝奏九重天，夕貶潮州路八千。

仄仄平平平仄仄，平平仄仄仄平平。
欲為聖明除弊事，肯將衰朽惜殘年。

平平仄仄平平仄，仄仄平平仄仄平。
雲橫秦嶺家何在?雪擁藍關馬不前。

仄仄平平平仄仄，平平仄仄仄平平。
知汝遠來應有意，好收吾骨瘴江邊。

再比如，本書中的《清炒蝦仁》七律，則是以「仄」聲開頭，押平韻。

仄仄平平仄仄平，平平仄仄仄平平。
粉嫩鮮香醉天涯，回眸二月宴中花。

平平仄仄平平仄，仄仄平平仄仄平。
仙子翠片爭清欲，聖女紅根送甘遐。

仄仄平平平仄仄，平平仄仄仄平平。

五色斑斕成豔曲，百香添味又平滑。

平平仄仄平平仄，仄仄平平仄仄平。

蝦仁遺情自然美，淡口清心做人家。

　　宋詞是在唐詩的基礎上發展成的另一種極富成就的一種文學形式。「宋詞」，也被稱作「長短句」。是一種兼有文學與音樂之特點詩歌。一般用於娛樂和宴會上的演奏和詠唱。每首詞都有一個調，名為「詞牌名」。作者要依調（律）填詞。每個詞牌名均有一個通用的韻腳，或平韻，或仄韻，也有的詞中兩者兼而有之，所謂「平」、「仄」和韻。至於「平」、「仄」，是什麼意思呢？在古代漢語的聲調分平、上、去、入四聲。「平」指四聲中的平聲，包括陰平、陽平二聲；「仄」指四聲中的仄聲，包括上、去、入三聲。然而，在現代漢語四聲中，第一聲、第二聲被認為是平聲，也就是古代漢語中的陰平，和陽平；第三聲、第四聲被認為是仄聲，也就是古代漢語中的「上」聲和「去」聲。古代漢語中的「入」聲，今天已經不存在了。

　　詞中的每一句的平仄關係，也有一定的要求。這就是所謂的格律。沒有格律，便不能被稱之為宋詞。有了格律，句子便有了陰陽頓挫，從而產生音樂性。但是，無論詩也好，詞也好，格律雖然重要，但是，因為詩詞都是要表達作者的祈求，情感和心情的。那是一種意境。所以，詩詞的描述，要以意境第一，格律第二的原則。正如我國的近代國學大師

王國維先生在《人間詞話》中所云：「詞以境界為最上。有境界則自成高格，……」就是這個道理。但是，格律也是要兼顧的。格律反映了詩詞的藝術的美以及優雅的音樂性。

　　比如，本書中第三十七首《雨前蝦仁》用的詞牌名是「楊柳枝」其標準格律應該是：

　　平仄平平仄仄平，仄平仄仄仄平平。
　　白乳蝦蟲又卸妝，雨前新水泣海疆。

　　仄平仄仄平平仄，仄仄平平仄仄平。
　　反尋馨透茶香曲，會去相思話衷腸。

　　這與我們的雨前蝦仁的菜肴之色香味描述也是基本一致的。再比如，本書中的《米粉肉》，用的詞牌是「蔔運算元」（「中」表示可平，可仄。）

　　中中中中平，中仄平平仄。
　　五花蒸其糜，油浸米粉汰。

　　中仄平平中中中？中仄平平仄。
　　紅豔香澤欲垂涎，魂走天門外。

　　中中中中平，中仄平平仄。
　　華人千年徒，創意心安在。

　　中仄平平中中中，仄仄平平仄。
　　米粉妝香攜仙比，日月穿梭快。

目次

前　言　003

關於中國古典詩詞的簡介　007

魯菜

一品豆腐　027

蔥燒海參　027

三絲魚翅　028

白扒四寶　028

糖醋黃河大鯉魚　029

招遠蒸丸　029

九轉大腸　029

油爆雙脆　030

扒原殼鮑魚　030

蔥椒魚　031

油燜大蝦　031

糖醬雞塊　032

醋椒魚　032

詩禮銀杏　033

糟溜魚片　033

香酥雞　034

溫熗鱖魚片　034

鍋燒鴨　035

芫爆魷魚卷　035

鍋塌黃魚　036

清湯銀耳　036

黃魚豆腐羹　037

木樨肉（木須肉）　037

油潑豆莛　038

膠東四大溫拌　038

砂鍋散丹　039

糖醋里脊　039

烏魚蛋湯　040

紅燒大蝦　040

蜜汁梨球　041

清蒸加吉魚　041

布袋雞　042

奶湯蒲菜　042

芙蓉雞片　043

拔絲山藥　043

氽芙蓉黃管　044

雨前蝦仁　044

烏雲托月　044

黃燜雞塊　045

奶湯鯽魚　045

燒二冬　045

泰山三美湯　046

清湯西施舌　046

賽螃蟹　046

燴兩雞絲　047

象眼鴿蛋　047

雲片猴頭菇　047

油爆魚芹　048

酥炸全蠍　048

西瓜雞　048

川菜

雙椒功夫魚　051

香辣掌中寶　051

巴渝一品骨　052

仔椒跳跳蛙　052

川味水煮嫩雞片　053

精品椒麻兔　053

巴渝尖椒雞　054

風味皮蛋雞　054

乾鍋雞　055

乾鍋茶樹菇　055

鍋仔牛柳　056

苕子蛋　056

米粉肉（粉蒸肉）　056

東坡肘子　057

水煮魚　057

麻婆豆腐　058

酸菜魚　058

瀘江豆花（豆腐腦）　059

巴渝賀菜　059

魚香肉絲　060

夾沙肉　060

毛血旺　061

口水雞　061

宮保雞丁　061

干貝邊燉豆腐　062

蒜泥白肉　062

棒棒雞絲　063

水煮牛肉　063

泡椒魔芋　063

麻辣火鍋　064

四川泡菜　064

川味蹄花湯　065

虎皮尖椒　065

青蒜苗燒磨豆腐　066

乾煸牛肉絲　066

重慶辣子雞　067

包菜粉絲回鍋肉　067

豆豉香乾回鍋肉　068

酸湯肥牛　068

雪梨銀耳蓮子羹　069

豆瓣抄手　069

薑汁豇豆　070

粵菜

廣東油雞　073

豉汁蒸鳳爪　073

嗜嗜滑雞煲　074

滑蛋蝦仁　074

豉椒蒸排骨　074

鹹魚茄子煲　075

粵式藕餅　075

粵式油豆腐　075

各式腸粉（齋腸粉）　076

紫菜餃子　076

打邊爐　077

乾炒牛河（濕炒牛河）　077

粵式煲仔飯　077

各種蜜汁叉燒　078

廣東臘腸（臘肉）　078

鳳梨咕咾肉　079

廣式片皮雞　079

廣東老火靚湯—猴頭菇草花竹笙湯　080

豉香腐竹魚煲　080

玉樹麒麟魚　081

清蒸蝦球　081

椒鹽瀨尿蝦　082

廣東鹽雞　082

馬蹄羊肉煲　083

蝦餃　083

塘廈磜鵝　084

糯米雞　084

蠔油生菜　084

香煎芙蓉蛋　085

脆皮燒肉　085

叉燒包　086

梅菜扣肉　086

蒜蓉粉絲蒸大蝦　087

清蒸鱸魚　087

臘腸炒荷蘭豆　088

椒鹽玉米　088

客家釀豆腐　089

泥鰍淮山湯　089

廣式豆沙蛋黃月餅　090

蘇菜

清蒸大閘蟹　093

醃篤鮮　093

茄胙　093

清蒸黃花魚　094

腐乳炒菜心　094

紅燒肉圓　094

白湯鯽魚　095

清燉獅子頭　095

蘇式熏魚　096

蘇式響油鱔絲　096

鹽水蝦　096

松子棗泥麻餅　097

鴨血粉絲湯　097

松鼠鱖魚　097

無錫排骨　098

香脆油爆蝦　098

清炒蝦仁　098

香菇燉雞　099

鏡箱豆腐　099

芋子五花肉燜飯　099

糯米卷　100

鹽水鴨　100

杆子燒肉　101

蛋燴五花肉　101

南京板鴨　102

南蘇北鹹味臘八粥　102

蝦蛤湯　102

水晶綁蹄　103

如意回滷乾　103

毛豆子燒扁魚　104

櫻桃肉　104

蘇式紅燒肉　105

雙色糯米燒麥　105

茶香煙燻雞　106

醪糟醉山藥　106

大煮干絲　107

雜蔬釀肉丸　107

浙菜

杭椒牛柳　111

蔥烤排骨　111

寧式鱔絲　112

糖醋排骨　112

龍井蝦仁　113

油燜春筍　113

番茄蝦仁鍋巴　114

叫花雞　114

西湖醋魚　115

烏梅糖醋小排　115

面拖蟹　116

蟹粉豆腐羹　116

素炒鱔絲　117

油麵筋塞肉　117

松鼠魚　118

火腿燉鱔絲　118

醃蘿蔔櫻　119

燒二冬　119

香煎素雞　120

蒸餛飩　120

熗油菜　121

荷葉粉蒸肉　121

醉雞　122

雪菜黃魚　122

珍珠丸子　123

三絲敲魚　123

火腿蒸鱸魚　124

花雕熏魚　124

泥螺梅干菜　125

西湖牛肉羹　125

油爆大蝦　126

西湖蓴菜羹　126

麻辣泡菜肉絲　127

閩菜

客家燙蛋皮　131

佛跳牆　131

鹽水蝦　132

冰糖燕窩　132

文思豆腐　133

荔枝肉　133

清蒸鯿魚　134

長汀豆腐乾　134

八寶芋泥　135

炒薯粿　135

客家支竹燜牛腩　136

傳統糟香烤鴨腿　136

五香肉卷　137

紅糟魚　137

紅糟燜筍　138

閩式香腸　138

涼拌血蚶　139

醉排骨　139

冬棗鳳尾蝦　140

糟羊肉　140

雙色魚丸　141

珠翅燒鱡魚　141

烏龍戲珠　141

蝦籽扒菇參　142

泉州醋肉　142

全絲燴魚翅　143

軟炸蝦糕　143

魚蝦爭豔　144

酸梅爪尖　144

雙鮮扒芥藍　145

沙茶燜仔雞　145

湘菜

左宗棠雞　149

孔雀開屏清蒸魚　149

剁椒魚頭　150

筍乾炒臘肉　150

油豆腐釀肉　150

湖南小炒肉　151

瀟湘豬手　151

乾鍋花菜　152

鮮嫩蝦仁肉末蒸豆腐　152

紅燒鴿子肉　152

家常辣子雞　153

臘味蒸飯　153

豉香金錢蛋　153

臘八豆蒸臘肉　154

肉丁炒外婆菜　154

春筍炒臘肉　154

湘乳燒鱸魚　155

湘西土匪雞　155

臘味炒泥蒿　156

湖南圓子粑　156

擂缽茄子　156

砂鍋藕帶　157

酸香麻辣東安雞　157

紅棗甜酒蒸糍粑　158

雜醬萵筍絲　158

湘味小黃魚　159

湘味上湯浸鮮魚　159

苦瓜釀肉　160

家鄉豆腐　160

剁椒蒸金針菇　161

竹蓀排骨湯　161

酸豆角炒雞胗　161

乾鍋肥腸　162

徽菜

醃鮮臭鮭魚　165

問政山筍（臘香問政筍）　165

刀板香　165

三鮮翡翠豆花　166

清蒸鷹龜　166

徽州圓子　167

雙爆串飛　167

虎皮毛豆腐　168

香菇板栗　168

楊梅丸子　168

鳳燉牡丹　169

中和湯　169

當歸獐肉　169

香菇盒　170

清蒸石雞　170

一品鍋　170

毛峰熏鱘魚　171

黃山燉鴿　171

寸金肉　171

蜂窩豆腐　172

火腿燉甲魚　172

雪冬燒山雞　173

蟹黃蝦盅　173

符離集燒雞　174

甲魚羊肉湯　174

肉末香菇豆腐泡　175

皮蛋拌饊子　175

葡萄魚　176

掌上明珠　176

香辣雞爪豆　176

鳳陽釀豆腐　177

茭白雞米　177

饗油蔥香藕片　178

徽州豆黃稞　178

後　記　179

魯菜

在百度百科中是這樣描述魯菜的：「魯菜，是起源於山東的齊魯風味，其發源地為山東省淄博市博山區，是中國傳統四大菜系（也是八大菜系）中唯一的自髮型菜系（相對於淮揚、川、粵等影響型菜系而言），是歷史最悠久、技法最豐富、難度最高、最見功力的菜系。」

魯菜之所以排在「八大菜系」之首位，還有一個重要的原因，那就是他是數百年來宮廷菜的主要菜肴。

代表菜色

　　作為魯菜的典型代表有數百種之多，但是比較著名的有如下一些：如，「一品豆腐、蔥燒海參、三絲魚翅、白扒四寶、糖醋黃河鯉魚、九轉大腸、油爆雙脆、扒原殼鮑魚、油燜大蝦、醋椒魚、糟溜魚片、溫熗鱖魚片、芫爆魷魚卷、清湯銀耳、木樨肉（木須肉）、膠東四大溫拌、糖醋里脊、紅燒大蝦、招遠蒸丸、棗莊辣子雞、清蒸加吉魚、蔥椒魚、糖醬雞塊、油潑豆莛、詩禮銀杏、奶湯蒲菜、烏魚蛋湯、鍋燒鴨、香酥雞、黃魚豆腐羹、拔絲山藥、蜜汁梨球、砂鍋散丹、布袋雞、芙蓉雞片、　芙蓉黃管、陽關三疊、雨前蝦仁、烏雲托月、黃燜雞塊、鍋塌黃魚、奶湯鯽魚、燒二冬、泰山三美湯、清湯西施舌、賽螃蟹、燴兩雞絲、象眼鴿蛋、雲片猴頭菇、油爆魚芹、酥炸全蠍、西瓜雞等。」

一品豆腐

平柔戀口，撫釁甜嫩，調味盡可如意。
千年孔氏出珍品，偏有此花萌俏，脫俗退律。
皋擺一方成貴柱，雅趣淡香銜街趣。
倒影裡，映燴炊煙，跪拜故人祭。

回首風流屢現，蘑依仙貝，欲畫明媚之戲。
筍冬嬌嫩，美蝦仁慧，肘片荸薺無忌。
軟湯飄月色，醉魄飛天又相聚。
千年畢、古人之作，璀璨天地，凝神久慚睍。

調寄【八歸】二〇〇八年三月五日

蔥燒海參

嫩筋兩，軟柔趣，漫入芳。
刺黝寒寂陌，匿徑海蒼茫。
珍於洋，貴於洋。

睡朦依稀入海床，看青鍋，蔥伴魂香。
何人嘗此鬼黑腔？
天也享，地也享。

調寄【入塞】二〇〇九年三月二十三日

三絲魚翅

（一）

銀絲如縷瓊滑，金貴古風仙味。
橫拖飛瀑縈玉，鮮嫩驚魂薈萃。

（二）

遨遊四海五洲，竟淪香鍋佳餚。
雪刺風流未老，慘藉萬千湯勺。

調寄【唐教坊曲・開元樂】二〇一八年三月七日

白扒四寶

廣肚水發，嫩柔鮑肉，縷龍鬚、雞脯添壽。
品香筋、宮廷大宴雄就。
花香潤紫肴情婉，春美時、人心娟秀。
四寶月下無他，清汁沾香翠夠。

高擎酒、無語就，才領略心驚，又謀享受。
八載相逢，似昨夜鄉情厚？
素裹淨顏仙骨，風光下、綿香長留。
似華夏、百萬殷實，炎黃絹秀。

調寄【大有・九日】二〇一一年三月二十八日

糖醋黃河大鯉魚

脆焦鮮美何處匿？鰭尾紅雲戲。
黃河金鯉醉東風，遊來西窗入宴風雨中。
糖醋不論爭風味，瀟嫩開玉卉。
魯人千載謝黃河，育養了子孫、盛了中國。

調寄【虞美人】二〇一一年五月九日

招遠蒸丸

鮮肉丸，八方美。
菇嫩肉香心又亂，
青缽一曲穿經緯。

調寄【梧桐影】二〇〇八年六月二十三日

九轉大腸

盤上，鮮亮。九華樓，腸轉堪此來由。
妙意構思幾絲愁。踉蹌，顛勻煨花留。

甜酸苦辣牽七味，肥腸燴，萬眾訴香桂。
芫荽鮮，撇清涼。魂消，不聽風雨狂。

調寄【河傳】二〇一五年三月十一日

油爆雙脆

瀝紅瀝白，翩有風萍。
鮮嬌爽脆蝶，須臾翻炒，曲曲幽情。
齊民俏韻，喚醒珍靈。肚尖味細，胗片有香凝。

四方欲駕，入我心中。
雲山踏破時，一鳴驚世，齒倩舌明。
雙濡胤胤，誘滿香庭。醉如高仙，含笑伴花行。

調寄【韻令】二〇一〇年九月十一日

扒原殼鮑魚

炫彩醬汁稠芡，五福臨水、竟淋鮑秀。
燦殼靜藏桂玉，韌迷輕醉，侑女神透。
混鰒出殼，顯精巧廚藝智方就。
四海兄弟相聚，細品原殼細肉。

踏平千里沐橫秋，任百味豔肴，袂聯難夠。
品盡華庭蛤，鮑魚王、平貴天下人壽。
海味漣，陌連煙、盈盈萬里書瘦。
美食鑄就人生，燴宇鑄宙。

調寄【索酒】二〇〇八年三月十二日

蔥椒魚

茶油煎。生寶物，染蔥青。
浪中白尾勝蛟龍。屜內孕香凝。
慢進酒，齊魯有純情。

調寄【甘州曲】(源自──王衍) 二〇一二年五月二十八日

油燜大蝦

青背呈紅，油掛味厚 香嫋前塘後背。
匠技巧如神，百年靈萃。
油燜鮮蝦數月，不忘舊、難思何年味。
五洲一曲，甜鹹伴玉，百食稱貴。

食魅，海之最，寵萬里汪洋，豔蝦穹魅。
嫩香欲，三鮮位之頭貴。
欲伴人生度日，膾至美，心口神情慰。
細品量，梅蕾菊芯，可有世間慚愧。

調寄【催雪】二〇〇九年二月十九日

糖醬雞塊

白雞湯潤錦盤香。

晶肉美，亮皮囊。

辣油一抹萬花羞，情侶問短長。

集雅譜，糖醬入頭行。

調寄【甘州曲】(又一體——源自顧敻)

二〇一二年六月二十九日

醋椒魚

金碩著浪，香溢巷蓬，懷夢能知多少？

雅素五洲守，水下知神豪。

魯宴心怡別樣竟，莫顧笑、笙樂客到。

從來椒香益壽，暖醋亦非新潮。

養顏潤脾生靈俏，西苑飄香，舊景未老。

微酸銜辣汁，綿嫩細肉俏。

楚王揮箸太和公，未覺君、唯留刺早。

斯憶千年，回渤海、再盼漁曉。

調寄【大椿】二〇一八年三月十四日

詩禮銀杏

瑩瑩金豆，家詩至禮，千年難亂。
柔清味甜美，軟酥甘霖現。
止喘消咳憑肺斂，孔家說、鯉兒攜面。
清心淡鮮久，品極家鄉宴。

調寄【憶少年】二〇一〇年八月二十九日

糟溜魚片

糟溢八方，恰淚抹腮紅，玉片嬌太。
老酒消魂，椒紅孕味，片魚嫩滑肆外。
鮮香著潤，月嬌回浴甜心泰。
奏夜曲，佳話、百年香滿樓臺。

中華味道，自古精巧，走獨奇陌，繁生四海。
品糟溜、思翩相扣，一絲豪邁秀天籟。
山累萬年冰雪月，峻翹平懷。
魚片最益華夏，億萬民子，千秋獨愛。

調寄【秋霽】二〇一三年三月十六日

香酥雞

筍母雞香人欲饞，
焦脆酥爛別去難。
香酥陪雅人，
故國談笑間。

調寄【憑闌人】二〇一一年三月三十日

溫熗鱖魚片

齊魯珍饈，攬海平疇，千般皆可另饌。
乘波濤、銜浪畫幽，惠蒼生，雪蓮生瓣。
細縷白鮮，綿軟淨口，民情璀璨。
撒青蔥，潤肥肴，精彩南北明鑒。

賈盛有前籌，六朝匠緯，滑甘溜鱖斂。
五百里躃躃，珠彩翠爛，貢筵珍盅，感慨老生顏面。
偎青欄，新人疏狂。持俗傲，抖何留範？
享於前人，未感謝恩心，品佳餚，有山為伴。

調寄【宣清】二〇一〇年三月十六日

鍋燒鴨

香蔥歸拌燒鍋下，嬌鴨樂美酥無價。
情如畫，窗外雲天香煙踏。

調寄【晴偏好】二〇一三年三月三十日

芫爆魷魚卷

偏刀滾玉，有彩條散臥，同恬汁趣。
姣卷相逢，托體晶瑩，無須量色衡律。
香芫不染腥鮮欲，度相好，千里相聚。
獻縱橫、嫩嫩卷卷，信口便思美謅。

漁者翻騰浪裡，借魷香話下，或許相憶？
若負無情，另有春風，儘管年年聚。
千般海味別情意，倚欄盼、無瑕明玉。
會有時、重覓佳餚，爆卷再現紅綠。

調寄【疏影】二〇一二年六月二十日

鍋塌黃魚

煎脆黃魚軟燉歸，

湯汁收盡厚醇微。

子規叫，廚娘追。

鍋塌臨客鷗鵠飛。

調寄【漁歌子】二〇一三年八月五日

清湯銀耳

銀耳泛白萍，輕焙慢燴，滑漣羹貴。

潤脾清心，勝仙草銘匯。

如佳侶、貼心順意；似愛朋、親情獻媚。

最可人處，鮮美之汁，養五腑心肺。

滋陰養氣血，平補內臟虛瑞。

得味羹湯，濟零萬家匯。

美少婦、膚嬌之寶；老前輩、長庚壽貝。

調經壯體，再盼日日甜湯慰。

調寄【尾犯】二〇一四年四月二十一日

黃魚豆腐羹

黃亦黃，豆亦豆，
細嫩羹，鮮香厚。
誰知春夢幾時有，
豆玉黃魚天使就。

調寄【花非花】二〇一二年四月十八日

木樨肉（木須肉）

彩多五味，漫香輕柔風吹水。
炫目，碧燦玉瓜和、嫩相燴。
陪友品野興，持箸念古魏。
由愧，匯醉眼、再聚靈魂淚。

青瓷雪盤，載來京城味。
憶少小，兩相飛、不識紅塵淚。
自負人生，一庸徒輩。
又見京菜，竟咽揮淚。

調寄【側犯】二〇一二年一二月二十二日

油潑豆莛

玉脂輕纏裹，鮮安翠、全含情裸。
葷尤膩嚌，靜口追清泊。
順五臟，花椒辛味火；北往南來掮客做。
清六腑、淡心境，疏窗花落。

調寄【朝天子】二〇一四年三月二十九日

膠東四大溫拌

墨玉奇豪，翠瓜絲繞，蒜末鹹淡輕澆。
貝珠迎月，碧草盡妖嬈。
俏螺肉、濃情摟臂；片海栚、紅脆還嬌。
雲天外、集福半島，高舉謝天朝。

近邀。迎醉友，故人戀貝粒，歸隱瀟遙。
酒肆鄰里，涼菜自得高。
憶昔日、溫馨善母，總是情，橫礑難消。
山東菜、簡約望至淚眼笑。

調寄【步月】二〇〇九年三月二十一日

砂鍋散丹

肚葉游丹散，平虛益、祛風溫脘。
魯齊匠漢，煨送清湯暖。
看世上、愁煩分苦樂，世事斟酌憑深淺。
拂帳縵，辨真言、無了閒怨。

調寄【朝天子】二〇〇八年十月三日

糖醋里脊

雨流山成澗，隘口茅舍，清水繞宅下。
夜宴擁鄉里，團團拜，東南西北商賈。
翠鶩跳葉，慕冉雲、香引歸鴉。
里脊嫩、又看紅香醋，首驚眾相呷。

香滑。甜酸如恰，只見穿梭箸，盤月開掛。
羈旅情安在？歡愉處、君客油嘴光葩。
問詢後室，竟未盡、香臉再下？
正糖醋里脊，不必夜思遙廈。

調寄【眉嫵】二〇〇七年三月二十二日

烏魚蛋湯

蛋花蕩逸深宮，
烏魚浪自湯中。
匯首八珍顯貴，
歡語漫過柔情。

調寄【舞馬詞】二〇〇八年九月三十日

紅燒大蝦

臥橫圍，徑睡紅顏，初旋美鐮俏。
海平秋鬧，唯漫舞青蝦，形美弓嬌。
緣何遇難離水，默默魂出殼。
春花無奈蜂蝶戀，蝦香萬人犒。

華人技烹任千重，刀工下、青蝦偏愛紅貌。
甜慢灑，酒鹽靠、油潤紅梢抱。
悲吟去，螯殼萬籽，漫洋走、霞陽依舊照。
盈福祿、洋中幽魂，伴華人變老。

調寄【花犯】二〇一八年三月二十三日

蜜汁梨球

（一）

梨，潤燥清心神入蜜。重相遇，又上景天席。

（二）

梨，酸抹甜汁涵入泥。梨球色，悅口爽神漓。

（三）

梨，桂蜜花迎甜嫁衣，清五臟，夜上月明熙。

調寄【歸字謠】（又名「蒼梧謠」、「十六字令」）

二〇一〇年四月三日

清蒸加吉魚

登萊海，真鯛傲旅洋外。

厥體肪腴啖之餘、無需酒菜。

大堂宴致遠方客，膠東村看情脈。

泛紅翼，走半海。東征千里名蓋。

山餘倩影莽蒼蒼、海深尤物在。

氣血遜弱戀魚湯，消食養脾闔脈。

眺臨浩瀚入北海，眾加吉、千里情懷。

氽首尾白歡快，欲陳情、原汁呈愛。

寄深情、何止五洲海外！

調寄【西河】二〇〇八年七月二十五日

布袋雞

汗女靈，攜從論膳生。
策雞銜百味，錦囊行。
清香四溢豐華在，慰乾隆。

調寄【摘得新】二○○八年十一月四日

奶湯蒲菜

（一）

幼筍蒲尖嬌嫩，靈甚，笑催聞。
乳汁含色翠黃問，何人？語紛紛。

（二）

各路曲吟安在？萌賣，盼君摘。
夏陽七色戀情愛，多彩，豔香腮。

（三）

霧鎖月蒙廚秀，歸舊，思蒲又。
大明湖畔有佳眸，重憶，奶湯侯。

調寄【荷葉杯】二○○八年七月二十九日

芙蓉雞片

百饌廚花春豔，雞片鮮油萍現。
玉蓋芙蓉橋，春色秀，錦筵宴。
下廊人不見。

調寄【十樣花】二〇〇八年九月四日

拔絲山藥

甜脆萬絲連，情義綿綿。
迎春薯蕷卷芳閒。
夢裡依稀兒是樂，慈母盛盤。

回首望鄉亭，多少思念？
拔絲柔脆夢中甜。
無覓舊友悲已透，萬縷絲連。

調寄【浪淘沙】二〇一一年九月二日

氽芙蓉黃管

湯潋潛汁濟黃喉，
蒸籠拾彩偎田周。
抹去浮沫添綠色，
相擁爭飲贊不休。

調寄【八拍蠻】二〇〇六年四月四日

雨前蝦仁

白乳蝦蟲又卸妝，
雨前新水泣海疆。
反尋馨透茶香曲，
會去相思話衷腸。

調寄【楊柳枝】二〇〇六年四月四日

烏雲托月

漫飄紫水烏紗就，
白蛋如癡月如鉤，酒調新曲醉已休。
鮮來過，雲下賓客入方舟。

調寄【喜春來】二〇〇八年二月五日

黃燜雞塊

金雞香燜嫩焦黃。塗醬曲，煨焦糖。
五佐調料競綿長。客野夢家鄉。
晚夜箸，斟暖不彷徨。

調寄【甘州曲】二〇〇八年四月五日

奶湯鯽魚

鯽湯戀，乳香伴，只有膠東見。
蒜蔥段，淡薑片，肉嫩情相戀。

調寄【醉妝詞】二〇一八年四月五日

燒二冬

醬染香筍玉，正是武來文去。軟菇相聚。
美亮窈窕戲，一幕溫柔肥趣。終回舊憶。

調寄【醉吟商】二〇一五年二月五日

泰山三美湯

雲染清湯碧殿堂，白香池暖添吉祥。
飲甘佐米相思夢，沁致合歡早向陽。
萬千桌前上，相伴天堂老少香。

調寄【拋球樂】二〇〇八年十一月五日

清湯西施舌

黃嘎肉，蠣沙涼。
美湯催千古，笑意送老鄉。
舊國不忘扇中黃，再添仲夏又拾荒。

黃昏路，望東洋。
海闊天高遠，風燭夜火煌。
緬懷學友盡無忌，清湯西施竟猖狂。

調寄【遐方怨】二〇〇八年七月五日

賽螃蟹

兩色黃白相盼，香蟹玉開香泛。
蛋黃油，魚肉瓣。未曾見，直到魯南夕璨。
逢浪卷白魚，再相聚。

調寄【西溪子】二〇一二年三月五日

燴兩雞絲

絲細，絲細，雞肉香綿有意。
領略南北佳餚，美食橫攬天橋。
天下，天下，再品金樓瓊紗。

調寄【古調笑】二〇〇八年元月五日

象眼鴿蛋

九目案中飛舞。撫滿月，
越仙姑，憶鄉俗。
成藝即闞天鑒，滿目錦食屋。
璀璨象眸鑲紅，喜如哭。

調寄【定西番】二〇一一年四月五日

雲片猴頭菇

林深樹茂孕猴頭，雲片譽珍饈。
藥膳防癌清潰，免疫霧雲留。
平五色，素中嬌，味獨優。
無以倫比，一鹵清湯，仰視仙猴。

調寄【訴衷情】二〇〇九年四月十六日

油爆魚芹

梅花刀，魚卷芹。
五彩未相認，雞茸肥潤吟。
金花鑲玉樽愛翠，月過梢頭風流臨。

調寄【秋風清】二〇〇五年四月七日

酥炸全蠍

黃褐全蠍油亮，舞爪揮鉗難忘。
清脆久回香，綻過錦筵花放。
花放，花放，難忘牟平街巷。

調寄【如夢令】二〇一〇年四月八日

西瓜雞

西瓜清殘意，嫩仔窩間戲。
欲為尋香覓，彩花寒山碧。
俏雛雞，海貝香，看口蘑柔意。壯勞力。

調寄【飲馬歌】二〇一二年八月八日

川菜

　　川菜是除了魯菜之外的一個大型菜肴系列。川
菜的特點是，取材廣泛，調味多變，菜式多樣，口
味清鮮醇濃並重，以善用麻辣調味著稱，並以其別
具一格的烹調方法和濃郁的地方風味，融會了東南
西北各方的特點，博采眾家之長，善於吸收，善於
創新，享譽中外。

代表菜色

　　川菜的主要品種有如下一些：魚香肉絲、宮保雞丁、水煮魚、水煮肉片、夫妻肺片、辣子雞丁、麻婆豆腐、回鍋肉、東坡肘子和東坡肉等，其他經典菜品有：棒棒雞、泡椒鳳爪、燈影牛肉、廖排骨、口水雞、香辣蝦、尖椒炒牛肉、四川火鍋、麻辣香水魚、板栗燒雞、辣子雞等。

雙椒功夫魚

紅綠椒，豎橫魚三瀟。
豉辣千秋亮色，嫁花飄。
色裡平添美味，欲情搖。
縱看三秋月，卷雲高。

調寄【思帝鄉】二〇一一年三月九日

香辣掌中寶

花生脆骨油酥，紅椒芝麻如塗。
滿口春來香，何其妒！
川人固，百香梅先吐。

調寄【十樣花】二〇一〇年四月十九日

巴渝一品骨

一品醬香，出蜀道、古今旗映。
最歡紅，無人能靜。
嘴殷殷，舌添添，群無形影。
南北商客，忘留香徑。
遠山疏，紅草矮，雨飛路灣。
旅客至、去別苦令。
百年前，去又來、任無有另。
惠心譜暖，萬年一景。

調寄【三登樂】二〇一六年四月九日

仔椒跳跳蛙

紅椒勁蛙共辣，香滑鮮嫩同行。
源自蜀山幽坳裡，光華鋪灑真情。
偶思醜顏徒跳，實悔饞嘴猙獰。

好心從無好報，晝夜浪跡丁零。
徑守田緣千里，一網便陷嚶鳴。
世上從無道理，夜過自有天明。

調寄【何滿子】二〇一三年九月十日

川味水煮嫩雞片

彩繪鍋中七竅美，白肉紅湯金不貴。
花椒辣子走世界，蔥薑戲，蒜相慰。
豆瓣錚錚添蜀味。

水煮三番都有料，雞鴨肉魚催老少。
白嫩雞胸又重生，鮮滑趣，經腸笑。
生津降脂紅塵鬧。

調寄【天仙子】二〇一五年四月十二日

精品椒麻兔

焦黃煨辣誘新芳，一掃長淒涼。
兔丁伴隨香絮，無語慶凌江。
村野外，秀殘陽。禦堂香，
品江思水，倚脈懷山，誰死誰傷？

調寄【訴衷情】二〇一四年九月十二日

巴渝尖椒雞

馨椒辛辣火如濤，悅悅樓聽車馬囂。
紅綠相間麻粒小，味香嬌，
瀝脾沁心慶樂逍。

調寄【憶王孫】二〇一五年八月二十三日

風味皮蛋雞

（一）
彈韌擒白雞，金晶軟玉留。
空炫椒泡目，清香幾時休？
綿延三千里，川原智慧謀。
一酌馥雞香，同眠夢中長。
萬里松花在，巴渝有新章。

（二）
飛雪凌冬終致夏，人生苦邁有鄉烹。
皮蛋妙裹憨憨肉，川味輕佻最有情。
芳樽重相勸，山滿香風鶯鳥鳴。

調寄【拋球樂】二〇一四年四月二十二日
　　　　　　二〇一六年五月十二日

乾鍋雞

五色香璨，乾鍋玉樹妝淺。
香脆辣酸全憑味，奪了頭魁春臉。
雞嫩有偏情人愛，越蜀翻山出遠。

豔雅濃婉，一生難分長短。
有人偏愛強香烈，亦有餘情鮮淡。
乾鍋雞自有淚眼，盼你筋壯體健。

調寄【望梅花】二〇一八年四月十八日

乾鍋茶樹菇

山林自育靈，芳芯綠苔行。
乾鍋凝玉多情，讓乾坤崢嶸。

色食百年，寒天暖絨。
鬧街難比鄉徑，茶菇伴人生。

調寄【醉太平】二〇一五年二月二十二日

鍋仔牛柳

靚鍋仔，孕郁融香片牛柳，
芬芳溶四海。
重情深意匯辛辣，滿心愛。
攬卻蜀西雲，暢遊五洲外。

調寄【望江怨】二〇一三年七月二十二日

莒子蛋

嫩黃已羞鵝，滑嫩凌五味。
余香佑人情，任嘴由魂累。
膩膩舒心底，綿綿暖靈慧。
醉酒未知何？疑在天上睡。

調寄【生查子】二〇一四年六月二十一日

米粉肉（粉蒸肉）

五花蒸其糜，油浸米粉汰。
紅豔香澤欲垂涎，魂走天門外。
華人千年徒，創意心安泰。
米粉妝香攜仙比，日月穿梭快。

調寄【蔔運算元】二〇一四年九月二十八日

東坡肘子

晶香亮豔，皮柔汁斂，絲絲紅肉風景線。

想當年、憶眉山，因妻禍來福還報，東坡有才更

有緣。

看，美食涎，嘗，金不換

（注：上聲、去聲、入聲均作為仄聲處理）

調寄【中呂 山坡羊】二〇一三年三月十八日

水煮魚

片魚翻滾湯鍋紅，無媚也崢嶸。

窗外北風吹，帳下熱湯嘗辣羹。

一瓢魚嫩，幾滴淚下，野路遇花叢。

難有遇知心，未想嫩魚繪笑容。

調寄【仙呂‧太常引】二〇一四年十月七日

麻婆豆腐

玉白紅妝點綠蘿，精料上乘濃湯。
龍潭出豆瓣，鮮活麻辣細，燙酥香。
初年同治始，萬福橋，陳孃麻黃。
簾影醉，俗夫纖漢，過客盈房。

花香，無聲飄四海，代相傳，共用斜陽。
九流雕歷史，山村吹牧笛，白雪廚娘。
玉台傳萬里，散余香，四海成祥，
看世界，麻婆豆腐，舉世流芳。

調寄【鳳簫吟】二〇一三年三月六日

酸菜魚

一脈秋波泛綠湯，紅椒酸菜伴魚旁。
西山願景雖壯麗，川水餐韻更輝煌。
辣軟才知酸菜味，鮮嫩又品草魚香。
天涯倦旅奔波客，酸菜游魚慰炎黃。

七言律詩　二〇一五年六月二十四日

（豆腐腦）滬江豆花

白玉無瑕壩上喧，山珍鑲嵌美如仙，
香滑可口有甜鹹。
神州千年中土術，代代傳承百家饞，
瀘江豆花數千年。

調寄【完溪沙】二〇一三年九月十五日

巴渝賀菜

賀和至菜，團聚佳節秋夜愛。
綠黃紅紫醒人觸，靜牆外。
天南地北味多旋，春賀盼暖花影在。
一年一度祝家興，賀菜泰。

調寄【酒泉子】二〇一六年八月二十四日

魚香肉絲

移花接木，抽出魚香香一脈，
天府人家創新菜，燒魚作料大拍賣，
好一個古靈精怪！
把酒西風親朋在，
美了小兒，笑了師太，
村村戶戶溫情脈，深山碧雲愛。

月明明，星戚戚，魚香走天籟。
酸甜鹹辣有味，紅綠黃黑驚彩。
蔥薑泡椒蒜末，細肉冬筍茭白，
芡汁好戲出臺。

調寄【南呂・玉交枝】二〇〇六年十月一日

夾沙肉

香五花，豆沙甜。
糯米相伴口中黏，醉心品甜鹹。
川蜀結髮日，幽情位中間。
千年芳齒承加沙，肉中存善緣。

調寄【蝴蝶兒】二〇一一年四月二十四日

毛血旺

創寫毛血旺，沙壩婆娘巧。
辣麻鮮鹵腸，碎雜香。
月滿阡陌炊煙嫋，盛濃湯，有精良。
嫩嫩紅脂，肚丹稱霸王。

調寄【感恩多】二〇一〇年二月二十四日

口水雞

口水雞，麻辣怡，
巴蜀名揚萬里及，競天琪。
八滋潤載求金鳳，情先動。
奇味同歡贊錦席。誰先離？

調寄【風光好】二〇一〇年九月二十五日

宮保雞丁

軟嫩雞丁陪脆米，戀綠海椒披醬粒。
香酥色誘錦登華，殷殷紅圈呈快意。
大作竟成三百載，感天動地難相憶。
環球大勢菜紛紛，隔世祖魂樂天地。

調寄【木蘭花】二〇一四年六月十六日

干貝邊燉豆腐

干貝邊，秀齒黃柔間。
海下攬盡鮮緣，心如蓮。
豆腐癡情相會，染靈仙。
漫舞神相愛，魂已捐。

調寄【思帝鄉】二〇一六年四月二日

蒜泥白肉

肉白香暗，蒜醬各攬其璨。
爐火燜汁油軟瘦，入口猶如華燦。
昨夜外蓬炊煙嫋，老母香鍋常伴。

望諸遠水，歡路遙遙相喚。
曉肉淨心需常就，難免征程唉歎。
蒜泥白肉少年菜，萬里懷那憐愛。

調寄【望梅花】二〇一一年六月二十六日

棒棒雞絲

縷縷雞絲麻辣，捶棒棒，潤盡芳汁。
遠鄉僻域荒野處，越光有雉。
酒將溫，朦淚眼。故友，
鄉閭，溶盡雞絲。

調寄【上行杯】二〇一二年五月二十六日

水煮牛肉

役牛肌，鹽工夢。
黃芽五彩，古樸清送。
麻辣厚，濃香重。
悅目賞心清煩退，汗襟濕，百累消融。
水煮古技，終成名菜，著物精英！

調寄【中呂·普天樂】二〇一四年十月五日

泡椒魔芋

泡菜紅椒蹊蹺，酸辣方以回報。
鬼芋藏疏林，春花告。
巧相繞，川妹長街鬧。

調寄【十樣花】二〇一三年三月二十七日

川菜

63

麻辣火鍋（兩首）

（一）

九載劃紅聚，咸湯吐辣婆。

肚肝承厚味，菘秀小菇哥。

擔販街中走，食肆雲裡多。

健身筋骨壯，除祛寒疾惡。

（二）

把酒迎春雨，觀潮水漫坡。

一番巴蜀菜，萬戶紅湯鍋。

麻辣出生機，家家燕壘窩。

浮生千載事，不涮不快活。

調寄【怨回紇】二〇一六年六月二十七日

四川泡菜

五彩豔湯酸入，明裡清脆如故。

遙古酵知初，家鄉路。

百色蔬枝浸道，宜口飄開心霧。

泡菜品美味，史天殊。

調寄【昭君怨】二〇一七年四月二十七日

乾煸牛肉絲

萬種食材，無由大小，各有靈處。
剔骨牛肉，翩翩刀法，淨得攣絲露。
山村僻巷，女歸兒喚，歡宴異香凌暮。
越偏門、廚娘巧遇，擎出彩絲笑顧。

乾煸牛肉，芝麻漫撒，芳滿鄉村陌路。
川菜千載，八方紅遍，英雄尋無渡。
流芳百世、江河無息，恩育億萬民庶。
菜之小，精靈蹊蹺，蜀人天賦。

調寄【永遇樂】二○○七年四月十二日

虎皮尖椒

椒果浴油趴青艦，條條嫩背畫虎扇。
無視山珍經海味，千年跡，翠椒原來神仙獻。
美人紅酒心尤戀，千山飛來西邊雁。
達官草根無歧見，油淹醬，演出千秋家常飯。

調寄【漁家傲】二○一四年三月十一日

青蒜苗燒磨豆腐

瓊脂又添新綠，香閨風流，玉樹青揚。
出彩旋開，苗翠散著蒜香。
殷厚味，綿嫩催咽，無老少，勝景行江。
友情遺。無需酒肉，寧愛便當。

緣鄉。　轆迎日，珠珠黃粒，轉眼白湯。
水鹵微微，旋旋玉液靜蒼黃。
菜千番，精妙百味，南北走，萬曲悠揚。
又秋風，擼臂挽袖，再創輝煌。

調寄【玉蝴蝶】二〇一〇年二月三日

川味蹄花湯

嫩皮輕呈唇下，滑鄉一抿香華。
糜爛盡揉芳味裡，清湯倩影無瑕。
香豆難相共語，青蔥妙染雙佳。

素樸新歡鬥色，馨愉寬腹磨牙。
彩雲山巒互配，勝景無我無她。
盡數蹄濡千里，終融萬戶千家。

調寄【河滿子】二〇一五年元月二十九日

重慶辣子雞

豔香鮮，酥辣脆，芝麻香蔥煨。
菜蕩江湖，風寒萬家醉。
川渝悠香辣雞，色喜迎貴。
何人配？廊中嬌妹？

月冬歲，陰濕風雨不停，辣子雞丁配。
紅樓飯飽，神情話夢寐。
春風抹去孤寒，滿眼嫵媚。
美食驚得千家惠。

調寄【祝英台近】二〇〇六年五月五日

包菜粉絲回鍋肉

翠影白花，紅綾柔掛，猶愛包心肥瘦。
油盡香沒，卷葉眷貼九透。
聞香漸，凝神交荷，麻鹹趣、白萍味夠。
岷江吼。下滿炊煙，奔走男女回鍋肉。

素裹葷相玉佩，麻辣攜味正道，一盤娟眸。
品酒盞飯，何須催促天就。
淡雲淺、盡在餘暉；平肴碌、難掩情露。
涓細流、鴻越春田，捎來佳年猷。

調寄【綺羅香】二〇〇四年八月九日

豆豉香乾回鍋肉

如燈盞。淨油鮮、肉撐龍鳳傘。
味色煜煜凌世，姿魅厚厚索碗。
香徑入脾。口舌欲、紅顏扭袖掩。
逢佳時、笑語花廳，翠黛鬖眉盡顯。

豆豉眠花油盡，撇杜成香乾，一曲光鮮。
困乏饑時，大快朵頤，更是生平之戀。
浴葷情、人之佳餚。贏素果、白翻春一片。
行程客、何為家鄉？旅途隨遇而安。

調寄【尉遲杯】二〇一四年十月七日

酸湯肥牛

泛花白肉，黃芽酸湯，溫慰殘冬舒暢。
雪凌枯枝，寒草瘦羊，籍溫辣以希望。
薄細瀟瀟，軟嫩趣、肥牛飄漾。
三秋月，又現古風，一品前朝形象。

溫流驅冷拂涼，勿需山海味，沁入芯上。
徑酸行辣，五福滿開，鬢汗淌祺美相。
十八子調，終聯聚、就成大仰。
晚霧盡、更鐘凜凜，綢繆明日朝陽。

調寄【真珠髻】二〇一一年十月七日

雪梨銀耳蓮子羹

白月千年撫，寄語雲、張目視懷千古。
銀耳蓮心，澀微甘潤，心腎怡補。
雪梨匯晶瑩，嫩嬌花瑞益六腑。順肺音、和血氣，
淼淼護肌膚。梨膏清痰，性涼沁心驅燥，暗拋疾苦。

愜意。蟲鳴月夜，再盼秋、樹美雲住。
頤養千戶，帝王佳子，不絕無度。
唱一曲江山溜泉，千村清涼飲，美萬侯、甘霖露。
紅棟翠蓋裡，雪梨銀耳青花，還是千年遺物。

調寄【秋思耗】二〇一三年六月十六日

豆瓣抄手

眾生紜紜，炊煙日日，三餐食勤。
盼津津美味，膾炙垂涎，東西將相，南北庶民。
肉伴秀色，豆乳調情，萬紫千紅競舒裙。
千方舊，漾川蜀抄手，湯戀紅雲。

莫談四海餛飩，登紅脂、夜下故人尋。
異鄉生異物，人生各路，郫縣相就，泡菜香淋。
抄手川味，峨嵋情遠，指腹人間拂饑貧。
歡世界，看億萬蜀士，神韻仙勤。

調寄【沁園春】二〇一〇年七月十一日

薑汁豇豆

榨生薑，宿根草本，百肴藉以芬芳。
暖身益胃走，耘氣血、護兩廂。
雖謂辛辣甘鮮，攜菇油酚酮，妙域連邦。
百泉生，漓精輔正話三陽。
餐桌上、百肴千湯。

豇豆。細曲婧遊。拂五媚、玉情長。
水清焯素翠，驚工雕碧，魂齒留香。
醬麻漫纏靈腰，有甜鹵、醉咸湯。
撤烏紗、縱清閒欲，墜夢還鄉。
無盡山水不聲張，攜手俺娘。

調寄【紫萸香慢】二〇一二年四月二日

粵菜

　　粵菜即廣東菜，是中國傳統的八大菜系之一，發源於嶺南。粵菜由廣州菜（也稱廣府菜）、潮州菜（也稱潮汕菜）、東江菜（也稱客家菜）三種地方風味組成，三種風味各具特色。在世界各地粵菜與法國大餐齊名，由於廣東海外華僑數量占全國六成，因此世界各國的中菜館多數是以粵菜為主。

代表菜色

　　粵菜的主要特點是：用料豐富，選料精細，技藝精良，清而不淡，鮮而不俗，嫩而不生，油而不膩。擅長小炒，要求掌握火候和油溫恰到好處。還相容許多西菜做法，講究菜的氣勢、檔次。菜品多用肉類，極少水產，主料突出，講究香濃，下油重，味偏鹹，以砂鍋菜見長，有獨特的鄉土風味。比較常見的有：廣東油雞，豉汁蒸鳳爪，滑蛋蝦仁，鹹魚茄子煲，打邊爐，蜜汁叉燒，廣東臘腸，乾炒牛河，鳳梨咕咾肉等等。

廣東油雞

又是晶皮亮，暉牙玉面芳。
八角花椒會，甘汁鹵草嘗。
不為冬風暮吼，卻為戶戶送幽香。
酌酒幸遇雞嫩，舉杯敬爹娘。

調寄【贊浦子】二〇一〇年八月三日

豉汁蒸鳳爪

油酥香爪醉天雲，皮如脂，醬如熏。
奔波往日山林裡，落骨紛紛。
慢嚼筋，慰寸心。

百煉頑石終成玉，融四爪，貴如金。
甜鹹恰好催貪欲，忘卻黃昏。
不覺舉目，雨紛紛。

調寄【系裙腰·般涉調】二〇一四年七月二十日

嗜嗜滑雞煲

醬煲潤雞汁，凡塵忘，重相上。
嫩骨攜香甘，肉滑瓣瓣鮮。
綠紅偕紫悟，調情趣，似羅蘭。
會當摯友至，一起做神仙。

調寄【醉垂鞭】二〇一一年六月十三日

滑蛋蝦仁

堆黃亂玉染紅顏，盡使青蔥點故香。
潤雨春園有嬌嫩，經風錦宴吐晶黃。
纏臥朵朵禽鳥泣，舉媚團團畜牛涼。
浩漫山珍窮欲妒，風光豔處看蝦娘。

七言律詩（平起入韻）二〇一八年五月三日星期四

豉椒蒸排骨

蜀豉鮮椒雲雨深，香排慰骨珍。
味重盡，油潤，換新身。
新廚笑起喃喃語，群情奮。
箸飛盤豎，須臾，再上香聞。

調寄【中興樂】二〇一〇年五月十四日

鹹魚茄子煲

茄軟嬌鹹染色，相濡卻是魚丁。
紅面乾筋末路，椒彩抒情。
鍋暗蘊珍寶，茄羹煲魚行。
歸來隨從碎肉，再添濃香。

調寄【雪花飛】二〇一二年七月四日

粵式藕餅

淨藕攜填葷色，山欲涎，海魂飄。
未見柳翠花豔，競折腰。
精鍾千家口味，人不膩，玉孔妖。
海味瀟灑小綴，脆香澆。

調寄【沙塞子】二〇一三年五月四日

粵式油豆腐

四方焦玉精華下，黃塔維家，
彌肉香菇，隔伴嬋娟摟玉花。
恰如珠簾映賢女，暗色正濃，
異曲橫斜，何必高閣尋天涯。

調寄【採桑子】二〇一八年五月四日

各式腸粉（齋腸粉）

面軟口柔心樂，南婆，鍾情半生呵。
百魅一技凌千代，晨煙萬民愛。

登得廳堂金曲，饞趣，食客靜貪欲。
唯圖腹滿履舒暢，香暗自悠揚。

調寄【荷葉杯】二〇一二年五月二十六日

紫菜餃子

何處匿，紫菜入鮮融漢曆。
南下漫添新意。
猶如離嫁女，裙改樣音未去。
仔童聲悅旭，望子竟成明玉。
創南天一趣。

調寄【歸國遙】二〇一八年五月六日

打邊爐

四海撅鮮塗鍋碗，近來山珍淺。
鄉情配好瓊花，鍋熱輝笑臉。
楚楚心相見，暖暖芳亭晚。
夜風寒、籍旺爐前，人笑呼聲遠。

調寄【憶悶令】二〇一七年五月六日

（濕炒牛河）
乾炒牛河

許伯無奈乾炒，為竟後人歌。
鐵鑊生新意，芽菜捧米婆。
心脾潤肝舒，綿嫩不蹉跎。
厘館事生運，萬世開先河。

調寄【玉蝴蝶】（諧溫庭筠律）二〇一〇年五月八日

粵式煲仔飯

仔罐玲瓏慰幽漾，路滿煲香。
軟粘米浸臘油幫，天降粵之光。
雨淒花落遭寒冷，煲仔溫良。
五洲散卻又迎新，看舊客，竟如江。

調寄【獻天壽】二〇一六年元月七日

各種蜜汁叉燒

一股暗焰萌動，化來叉燒影。
滿座高朋屏住，蜜攏月、香飄景。
總算叉燒追玉宴，菜沒到、秀樓廊醒。
憑的彌香通浩遠，蜜汁出南嶺。

調寄【鳳孤飛】二〇一二年五月三日

廣東臘腸（臘肉）

南鄉民創千年早，酵香滋味飽。
紅白相間，乾腸情未了。
醇香佐餐天下，路人征、野徑路渺，
北魏智者，長謝人未老！

調寄【清商怨】二〇一八年五月八日

鳳梨咕咾肉

離異他鄉，信手青雲，摘得鳳梨燒肉。
越南洋。無奈菜貧，熱油煎。了卻肥瘦。
鳳果甜俊，汁鮮醬蜜，香絕倫厚。
又回鄉，找舊遊，黃昏重品粵秀。

咕嚕數百年，美香四溢，無子憶古又。
看燕舞鶯歌，播撒四海，一向藍眸，盡是食欲長久。
浸酸甜、獨遊風帆；裹焦脆、盡溢雲袖。
人道華夏，智慧滿全球，競還得、四海驚透！

調寄【宣清】二〇一二年五月十日

廣式片皮雞

入味亮鴨封涼，抹糖塗醬、誘心引爽。
火爐金花烘月，紊隨煙染，晶亮神晃。
漸漸嬌黃，脆皮奇香，廟宇悠蕩。
伴游西湖風景，信手皮雞共用。

華食精享五洲，粵景賞芯宮，不爭嵐像。
況燉湯熬煲，攬海味、遑論嬌鴨明亮。
吾夫神州，巧世界、金樽更豪放。
技廚映來民生，晚歌再唱。

調寄【索酒】二〇一六年五月九日

廣東老火靚湯 ｜ 猴頭菇草花竹笙湯

靚湯老火未情了，慢慢笙菇煲。
山珍美味盡蟲花，土雉蓮小。
猴頭菇嫩，芡實湯老。
裹紅竹蒜綽。
雋秀山水有仙橋，粵海夕陽照。

調寄【賀聖朝】二〇一六年十一月九日

豉香腐竹魚煲

嶺南出新有，響鼓薰香，飄去北山麓。
客旅依稀來，誠誠意、難知奇香何處？
汗浸不顧，驚回首、旗酒飄嫵。
看新煲、氣顫仙風美，滿座驚顏駐。

終至，幽香飄露，彩綠摹春色，幾經歡度。
太液何方匿？生之處、皇都煲內白鱸。
粵南一目，造萬家，香煲江湖。
歎山外青山，人更豔，景如故。

調寄【眉嫵】二〇一四年五月三十日

玉樹麒麟魚

瀚海麒麟，閱天涯瓊景，脂細油翎。
火腿靜凝湘楚，伴裕獨贏。
又有山珍無忌，片珍筍、偕玉菇情。
炊煙美七味，醬色長紅，一品秋靈。

塵世倦瘦影，奈何爭世界，逢鱖心鳴。
又嘗愛玉，興致齊漲升平。
古人何其精細，歡青山，苔樹同行。
香痕鍾難忘，靚筵清盤，霧散春迎。

調寄【國香】二〇一三年五月十一日

清蒸蝦球

蝦紅嫩，綠清涼。
映世乾坤攜手，素哥軰女又盈香。
錦籠張。
酷雨秋簷思人生，忐忑衰老飄零。
摯友飛鴿邀盛宴，蝦球見。

調寄【柳含煙】二〇一五年五月二十七日

椒鹽瀨尿蝦

浩天碧海，生命漫青岸。
蝦蛄比比翹首，悄隱入泥濫。
輕網船工軸轉，公婆見光天。咽悲徒喚。
回鄉夢裡，漁戶家家又香豔。

油浴翻滾焦透，蛄亂橫香練。
蒜蓉椒鹽提味，料酒薑末伴。
小醋醬汁輕沾，尾尾鮮花爛，爬蝦良宴。
世代交替，蝦隱琵琶萬世璨。

調寄【六麼令】二〇一七年七月二十二日

廣東鹽雞

鹽導，入味連心，乾香焗新道。
面脆有三黃，骨軟酥香笑。
無水無湯陳其慰，肉墜口、八方呼靠。
筵物當庭有何情，玉盞雞香繞。

調寄【甘草子】二〇〇八年五月十一日

馬蹄羊肉煲

馬蹄承煲，卻羊味、甘蔗配氛。
趣遊羝羯生春妙，霧氣仙人問。
俊馬蹄、白盡芳平，輕犟蔗美甘難論。
輾戀煲鍋旁，鳳屏鴛帳，盡享湘風楚運。

粵海俏了神洲，羊煲何日赴瑤琴。
七旬學友聚，初心感歎，紅花瓦罐草才吟。
更闌又晚，人生漸入盡，常誤了美肴古今。
東升明月，照世間流水雲。

調寄【薄幸】二〇一八年五月十三日

蝦餃

瑩瑩橙色美，雪嫩裙飄扇。
蝦臥仙境裡，筍肉伴香戀。
此物不忍吃，羞羞泛紅璨。
江路之遠近，一生有期盼。

調寄【生查子】二〇一二年五月十三日

塘廈碌鵝

鵝碌出東莞，客家味、廈鄉之美。
髓霏血，嫩芝翮空嘴。
六禽將士，依依漫走，煮碌鵝旅憑至偉。
風雨至，路迢迢，香鵝不晦。

調寄【天門謠】二〇一一年二月十五日

糯米雞

香荷盈漫餘未盡，浸釣雞魂印。
山外執子急呼，涎垂三尺蘊。
葷齊素裹獨行，醉裡回首問。
窗外杏絮飛花，飽腹謝主遜。

調寄【散餘霞】二〇一八年五月十五日

蠔油生菜

難得翠玉又添媚，世界添欣慰。
曾經彎月侍白兔，潤腸輕聲脆。
蒜味瑩瑩興神醉，少脂饑腸沸。
遙看北山秀，再抹情淚。

調寄【太平年】二〇一一年十月十五日

香煎芙蓉蛋

藏寶玉蓉香蛋揚，
攜來山水惠家鄉。
莫勸酒仙登高地，
呼兒過去看焦黃。

調寄【八拍蠻】二〇一八年五月十六日

脆皮燒肉

獨門奇造，針孔神中道。
酥嫩香融迷腩料，甜脆忘了春到。
五花笑看無心，玫芳胭脂旁淫。
甩去西方芭比，獨聽中華鳴琴。

調寄【清平樂】二〇一八年五月十六日

叉燒包

老面低筋送暖，聞香處、慰吟笑臉。
汁茇叉燒醉心晃。
肉香迷，裹甜鹹。魂不見。

小店西關現，泛華夏、晉飛楚燕。
智慧暗香雲不亂。
走千戶，入他鄉，五洲璨。

調寄【夜遊宮】二〇一三年八月十六日

梅菜扣肉

爛彌香，色焦黃。燥寒一去溫馨（那個）長。
廣濟東坡妙手揚，牽出扣肉梅菜鄉。
五洲共享。

調寄【雙調‧撥不斷】二〇〇九年八月二十二日

蒜蓉粉絲蒸大蝦

紅條堪嬌，蝦香賽金宵。

舒口絲條，滋味神情高。

蒜香覓趣南北，鮮鹵智祛餘妖。

大蝦脊，臺上眾口膾豪，紅塵戲語雙嬌。

調寄【雙調‧碧玉簫】二〇〇八年九月十九日

清蒸鱖魚

清湯嫩魚翻白肉，

蒜瓣香口萬畜羞。

三萬年水下搖尾遊。

何時休？舉上籠頭。

成就人間秀。

調寄【雙調‧春閨怨】二〇〇七年五月十九日

臘腸炒荷蘭豆

碧條條清爽橫列，臘腸相濡，

紅花成就了綠葉。

濃香溢出了豆萁，卻了色豔，依舊如月。

侯門恩怨百病絕。

葷素自得天配，靈性至、六腑難謝。

竟口感，清爽伴著肉美，

世間又一愉悅。

調寄【雙調‧新水令】二○一○年九月十八日

椒鹽玉米

斑斕五色，滿盤淨得彩珠諧。

雜陳八味，說破人生艱難月。

豌豆綿鹹說趣事，

黍米嫩甜染情雪。

青藍相配，紅綠搭幫，成舊禮。

妙的是、色味脆香鮮珍越。

調寄【雙調‧駐馬聽】二○一一年五月十二日

客家釀豆腐

客家千里尋生鏈，一路花燦爛。
萬苦千辛遭白眼，趨頑強、竟綿延，創華宴。
豆炸焦黃，肉餡內炫。
精於心，巧於手，代代傳。
千古輝煌，萬民奉獻。

調寄【南呂宮・罵玉郎】二〇一六年四月九日

泥鰍淮山湯

濃白湯，鰍魂藏，
淮山裡，鄉鎮流芳。
勞心勞力雙肩月，
一眠神飛揚。

調寄【正宮・端正好】二〇〇七年一二月二十三日

廣式豆沙蛋黃月餅

五仁八卦入一家，
豆沙黃月伴紅花。
香甜沁於心，
夢寐思中華。

調寄【道宮・憑欄人】二〇一三年十一月七日

蘇菜

　　江蘇菜，中國傳統八大菜系之一，簡稱蘇菜。蘇菜的主要構成要以金陵菜、淮揚菜、蘇錫菜、徐海菜等地方菜組成。很是有些地方風味的。

　　江蘇菜起源於二千多年前，其中金陵菜起源於先秦時期，當時吳人善製炙魚、蒸魚和魚片，一千多年前，鴨已為金陵美食。南宋時，蘇菜已經成為我國中原一帶重要菜肴。

　　蘇菜擅長燉、燜、蒸、炒，重視調湯，保持菜的原汁，風味清鮮，濃而不膩，淡而不薄，酥鬆脫骨而不失其形，滑嫩爽脆而不失其味。

代表菜色

　　南京菜口味和醇，玲瓏細巧；揚州菜清淡適口，刀工精細； 蘇州菜口味趨甜，清雅多姿。其名菜有烤方、水晶肴蹄、清燉蟹粉獅子頭、金陵丸子、黃泥煨雞、清燉雞孚、鹽水鴨（金陵板鴨）、金香餅、雞湯煮乾絲、肉釀生麩、鳳尾蝦、三套鴨、無錫肉骨頭、陸稿薦醬豬頭肉等。

清蒸大閘蟹

紅袍豐慶年，蜷螯跪、臥盤弦。
抱芯含籽襯芳緣。白牙肉、妒海鮮。
二甲至臻絨毛秀，嬌靨笑、又成歡。
煙絲金爪九千年，五州寶、有前緣。

調寄【慶金枝】二〇一九年五月二十二日

醃篤鮮

春筍湯鹹肉香饞，陌上路人歡。
慢燒閒燉，一行青煙，情味嵐山。
別離人生難相遇，淚灑燉鮮醃。
把杯清酒，殷殷別意，盡泇湯間。

調寄【眼兒媚】二〇一三年七月十七日

茄胙

茄餈雞釀，紅樓佳話，沒齒情揚。
乾形五色，新香筍菌，倚汲醉人湯。
閒花遐絮，難解萍水鴛鴦。
才俠慧骨，芷蘭玉魅，千古有茄香。

調寄【慶春時】二〇一一年九月十七日

清蒸黃花魚

首石遊罷東洋，鱗彩爍秋霾。

薑絲顯味，醬油潤色，蔥脈青白。

一捧蒜香凝脂肉，代相傳、金鳳花開。

禦堂之上，津津開胃，笑眼眄睞。

調寄【極相思】二○一三年四月八日

腐乳炒菜心

醬香腐乳融芯翠，汁下嫩幫葉慰。

如履小山澗，嬌面碧林自舒會。

淺妝素冷平凡女，隨手拼鄉燴。

腦滿敬生情，月下迎得風聲淚。

調寄【使牛子】二○一五年二月十八日

紅燒肉圓

故人疏漸，酒樽相伴，尋香移目。

碩景紅圓亮芙蓉，愛之欲，心之赴。

箸入一曲無天下，夢入南山渡。

簾攏斑駁月錚白，肉圓來、情如故。

調寄【留春令】二○一五年八月十八日

白湯鯽魚

乳湯鯽嫩關情最，五臟潤，春風拂媚。
舌尖瞥見月花墜，香唇夢中相會。
趁熱飲、燕歌鶯醉，剔嫩肉、江清山翠。
待到老幼千朝偎，孺婦低頭秀媚。

調寄【杏花天】二〇一二年八月十九日

清燉獅子頭

麋肉疏妝淡，青衣有戀人。
胭脂抹去露真魂。
歲月疊疊集美，無處可追尋。
琉璃杯中酒，情迷獅子唇。
難忘鬆軟肉香雲。
菜染色湯，蓮碧淑子裙。
亮水靖湯沒露，最是有芳音。

調寄【喝火令】二〇一三年三月十九日

蘇式熏魚

濃香黌魅，漫熏品妙，江南一卉。
浴油淋出芳心，晴述晚、彌香燴。
蔥薑浸，鹽糖潤，憑印色，蘇魚暖胃。
雁行萬里歸家，抬望眼，熏魚淚。

調寄【雙韻子】二〇一六年七月二十日

蘇式響油鱔絲

稻水後秋黃鱔，挽曲迎蟬了。酒浸魚絲鱔飽。
段相燴、茭白角。
燙響麻油今夜早，又見友、再憶少小。
憑的鮮肴聽戀語，不覺天地渺。

調寄【鳳孤飛】二〇一四年五月二十日

鹽水蝦

身拱滿須鼇，包著鮮肉嫩嬌。
口清含韻五凌霄，雲裡霧裡飄搖。
前日浪下千里跑，今朝魂斷命了。
未想報國社稷，卷起萬代榮耀。

調寄【河瀆神】二〇一一年三月二十一日

松子棗泥麻餅

松籽晶黃留遠誘，棗泥贏閒瘦。
歡悅美於麻餅，仁果凌眉皺。
一路芳香氣，葉紅霜天就。
喜年月、老少歡歌，麻餅美如繡。

調寄【憶悶令】二〇一六年元月二十一日

鴨血粉絲湯

金陵阡陌飄鴨香，霧滿村街巷。
古來戀舊香鹵，怡銘千里旺。
細看彩條似玉，入口情高上。
濃湯偎、抹平缺花，迎著秋風漾。

調寄【江亭怨】二〇一四年九月二十二日

松鼠鱖魚

流水桃花，又是鮭魚上樓時。
橘粒顆顆閃珠盤，酸甜脆中拈。
最謝濃汁叫嘶鳴，四座騰起有歡聲。
轉瞬盤見骨排清，狼藉興奮中。

調寄【憶餘杭】二〇一五年五月二十二日

無錫排骨

咸甜如意，紅軟贏天地。
臨太湖，旖旎山水，醬排品愜意。
百年風情戲，俏江南、仰天長憶。
再吻香、夢隨春風，西流未遠去。

調寄【萬里春】二〇一七年五月三日

香脆油爆蝦

江海生青蝦，入鍋羞紅顏。
香炸脆皮絕美，一曲敬皇天。
忘卻文章事，將進酒、漫遊雲仙。
須鼇難護身心晚，生靈入瓊嵐。

調寄【好女兒】二〇一一年十月二十三日

清炒蝦仁

粉嫩鮮香迷天下，回眸盤中二月花。
翠瓜仙子爭清芯，紅根神女送甜芽。
鍾攬四海五洲源，揮釋千山萬仞轄。
蝦仁遺情自然美，淡口清心做人家。

七言律詩　二〇一五年五月二十四日

香菇燉雞

彤雲湯中過，盆搪竟彩墨。

雞香滯百里，厚味飄阡陌。

哀哀不得行，婆姨送燉璟。

服待千百輩，菇嫩未忘情。

調寄【醉公子】二〇一二年十一月二十四日

鏡箱豆腐

隱匿群英白玉，如鏡室，盛新裝。

俊英創新箱內，玉金鑲。

重色牛坯如炬，閒葷素，越賢良。

智慧連珠叮囑，看橘黃。

調寄【沙塞子】二〇一五年九月二十五日

燜飯芋子五花肉

芋仔香肉欲纏綿，白米翩翩，

又是相投戀重顏。

伴濡裏，軟綿甜。

清雨大地空遊，弄清秀、蒼黃人間。

巧設燴飯香，芋逐膩野，再走天瀾。

調寄【怨三三】二〇一六年四月二十五日

糯米卷

水畔鄉音處，茅漫宅雲，糯香新吐。
紅豆夾心，染紛紛紅露。
黃粉白綿，軟粘濡細，竟八珍難妒。
蘆蕩花稍，哨聲悠遠，親情如注。

亦有人家，豆皮相裹，五色澄仙，甜咸相顧。
油浸煎遊，莖如金龍赴。
糯米神食，蒼天所賜，謝恩江如注。
夏華文明，流傳輾轉，千秋傲古。

調寄【醉蓬萊】二〇一三年十二月二十七日

鹽水鴨

返璞貴，古法得、鹹鴨柔媚
鼓樓下南京煨，六朝輩。
濾脂膩，駐美嫩、皮香骨睿。
分明有了珍卉，慶花桂。佳話。由來山野下。
精熬妙鹵，飽味浴、慢慢入八卦。
江南八月滿城香，健身吃嫩餐，醉語天晚荒廈。
可憐遊子，切切思鄉，怎奈山高海大？
斷腸者想鹽水鴨。

調寄【劍氣近】二〇一〇年五月十七日

杆子燒肉

五花翩舞蔥薑伴，慢火煨、遊台看。
白乾雪玉，低眉黛臉，孕底配鴛鴦戀。
為色蒙羞呈豔，卦爐家、豈是情漢？

口感悠然一片，素葷交、再添白飯！
漁樵莊戶，凡塵歲月，追卻那紅白亂。
萬千年、層出迭戲，膳食中、肉香花璨。

調寄【柳初新】二〇一六年五月二十八日

蛋燴五花肉

烹調才藝，辨火色，調韻味，配搭佳麗。
豔抹紅汁香蛋，燦金相遇。
春分雨，冬至陽，庶徒一律。
香極，千萬眾生遊戲。

東來西去。百珍饈，隨眼去，美愛同聚。
肉蛋同鍋相偎，畫方園細。
勿叮嚀，休言語，感恩淚戚。
學友，竟不知何相欲？

調寄【秋夜月】二〇一六年元月二十八日

南京板鴨

江寧三寶蓬船渡，佳品百門鴨濃處。
緊鹽鹵，陽春暮，細嫩豐盈香如故。
有民謠，成禮品，六百年情無度。
乾板爛酥不忘，春臘並嫁舞。

調寄【應天長】二〇一六年六月二十九日

臘八粥　南蘇北鹹味

依稀朧月臘八暗，古藤昏鴉變。
茅舍孤宅，婆姨輾轉，日子拉扯轉。
奈何無米家人憾，臘月吃雜飯。
谷粟莢米，雜菇菜侶，相偎有鹹淡。

調寄【城頭月】二〇一五年五月二十一日

蝦蛤湯

美籍食其惠，悅至色、鮮潋味墜。
蝦蛤藏寶問春風，品福寒欲退。
鍋湯濃鹵深情味，一家人，斜陽正對。
峻山綠水，湧波有寶，呈神仙味。

調寄【破字令】二〇一一年五月三十日

水晶綁蹄

水晶鑲漫嫩蹄腰，晶瑩剔透涼肴。
養顏凝氣補心橋，小菜情高。
庭院三秋蟬斷，恰如虛充陽茂。
鮮鹹之美順中腑，豈止逍遙？

調寄【畫堂春】二○一一年七月三十日

如意回滷乾

玉意如蘭，豆果浸融雞味。
泛鄉凌，滿村秋媚。鹵乾含潤嬌身繪。
筍片黑耳，看豆芽絲蕊。

想朱皇微巡，軟綿稱慰。
瞬間風、販攤連累。九百年，妙筆難描繪，
生芽掘土，再展平民慧。

調寄【錦纏道】二○○八年五月三十一日

毛豆子燒扁魚

鯿魚醉臥，翠衣疊新豆。
嫩滑貪潤著渾圓，百味現、群情喚就。
水繡蘇鄉餐宴上，爽畢天心透。

青峰臨峻遭清漏，碧溪靈光秀。
柳眉回媚伴魚舞，聽一曲、舉眉拂袖。
軟了魚香添豆味，寄語江山候。

調寄【師師令】二〇一三年三月三十一日

櫻桃肉

剞花刀，色誘紅，櫻桃漫香醉肉盈。
竊龍頜，配珠明，津液滿口，心自饗玲瓏。
禦茶檔，話輕盈，玉堂雕工看怡情。
覽蘇杭，憶詩評。

調寄【中呂‧迎仙客】二〇〇九年八月二十三日

蘇式紅燒肉

靚麗，濃油漫裹酥甜，赤醬潤透香鹹。

燒紅肉，八百年，樣花佰仟。

有喜勁嚼，有戀糜爛，相守紅顏。

火精於序，料淬於心，殷殷慢焙魂兒現。

炊帳外，頸相伸，空聽垂涎。

蘇氏燒肉，如蘭芯，芬芳綿綿。

調寄【高平調·于飛樂】二〇一四年十月十九日

雙色糯米燒麥

菠稜菜，甘筍汁。

黃綠各色韻其味，盡綻田頭秀花癡。

糯米爛，肉筋姿。

陳香溢趣配鴛鴦，笑開愁眼人未遲。

慢嚼重重品人生，各色精英演天池。

百餐百味宴，萬人萬當時。

生命紛紛司其能，一路神仙有其功。

調寄【般涉調·牆頭花】二〇一五年九月十六日

茶香煙燻雞

椒鹽生炒，妙曲承塵。

擷來香蔥為鄰。

醃潤雞仔，寫下寒裡時辰。

浮沫清燉，百味融淫。

砂鍋銜五色，精黃茶魅任香巡。

休歎蘇民生絕技，偕史再畫昏晨。

調寄【南呂宮・涼州序】二〇一一年三月十二日

醪糟醉山藥

酒麴酵化成天醴，拂長河、千載樂。

西蜀油醪一趣，東吳米酒蓮荷。

薯蕷本植魯西北，隱羞魅、深入泥蘿。

難尋何人為，山藥醉糟婆。

一碗美食擷快意，神心飛、口舌樂。

醪糟玉米相伴，淮山綿津祥和。

盡是書香達人處，更有優雅怡情多。

難得好風光，謝古黃呂坡。

調寄【黃鐘宮・晝夜樂】二〇〇九年四月二十二日

大煮干絲

濃湯猶香豔，乾絲嫩滑天。
臻美豆鄉魂夢去，攛卻五更寒。
出自淮陽走江南，一路人心燦。

調寄【仙呂宮・元和令】二〇〇九年九月十四日

雜疏釀肉丸

各色珠蓮豔，托香油兒鮮。
肉糜添了瓊涼宴。
黃瓜爛，彩球園；香菇潤，紅卜兒甜。
渾然滿地斑斕。
欲吃又怕破了顏，不吃心又饞，真是好為難。

調寄【仙侶宮・三番玉樓人】二〇一〇年元月十日

浙菜

　　浙江菜，簡稱浙菜，是中國傳統八大菜系之一，浙菜具有悠久的歷史。黃帝《內經・素問・導法方宜論》曰：「東方之城，天地所始生也，漁鹽之地，海濱傍水，其民食鹽嗜鹹，皆安其處，美其食。」，《史記・貨殖列傳》中也有「楚越之地……飯稻羹」的記載。由此可見，浙江烹飪已有幾千年的歷史。

　　南宋建都杭州，浙菜在「南食」中占主要地位。被稱為中華民族第二次遷移的宋室南渡，對進一步推動以杭州為中心的南方菜肴的創新與發展起到了很大作用。在此次大遷移中，北方的名流達官貴人和勞動人民大批南移，卜居浙江，把北方的京都烹飪文化帶到了浙江，使南北烹飪技藝廣泛交流，飲食業興旺繁榮，烹飪技術不斷提高，名菜名饌應運而生。據《夢粱錄》卷十六〈分茶酒店〉中記載，當時杭州諸色菜肴有兩百八十多種，各種烹飪技法達十五種以上，精巧華貴的酒樓林立，普通食店「遍佈街巷，觸目皆是」，烹調風味南北皆具，一派繁榮景象。

代表菜色

　　北方大批名廚雲集杭城，使杭菜和浙菜系從萌芽狀態進入發展狀態，浙菜從此立於全國菜系之列。至今八百多年的南宋名菜蟹釀橙、鱉蒸羊、東坡脯、南炒鱔、群仙羹、兩色腰子等，至今仍是高檔筵席上的名菜。

　　紹興除了清湯越雞外，鯗扣雞、鯗凍肉、蝦油雞、蓑衣蝦球；寧波的鹹菜大湯黃魚、苔菜小方烤、冰糖苔菜小方烤甲魚、鍋燒鰻，湖州的老法蝦仁、五彩鱔絲、嘉興的炒蟹粉、炒蝦蟹等，都有幾百年的歷史。溫州近閩，受閩菜影響，烹調上講究清淡，以海產品為主，像三絲魚卷、三片敲蝦等菜也歷史悠久。

杭椒牛柳

羊角彎漣新情愫。

散辣音、脊香如故。

嫩牛鮮來，陌上又見，春花先吐。

故人雁歸情先露。

三十載、海外難悟。

牛柳爭鋒，杭椒伴舞，醉迷朝暮。

調寄【玉團兒】二〇一一年六月一日

蔥烤排骨

烤排，骨裡賜香。醬約約、塗滿金黃。

心甜甜，齒肉情長。熏冬月，生熱黃薑。

食客，湯裡生春。色如媚，靜士欲狂；

香致遠，淑女脫韁。心至此，一曲迴腸。

調寄【鬢邊華】二〇一四年七月一日

寧式鱔絲

鱔絲滑，冬筍嫩。兩相會，賽人參。
黃韭豔，醬糖淫。回首天下翹首唇。
琴瑟無爭，隨處自有乾坤。

寧波君，妙人倫。端賢姿，匯香雲。
卻病鱔絲又生春。
驅煩惱，容方悅，寫人生。

調寄【方曹渡】二〇一三年六月三日

糖醋排骨

口水早，排骨糖醋。沁脾入心如故。
浙人細膩周全，川滬巧然不妒。
有糖醋、又見琥珀數。

曉月淡風來多誤，是珍饈、民宦夢中悟。
去舊愁、除閒苦，
品瓊汁，骨香如霖。

調寄【市橋柳】二〇一八年六月三日

龍井蝦仁

茶香尊天露，淨玉染，蝦仁雋秀。
蘇浙萬里流芳，雅清茹靜清意，
粉白紅瘦。

茶間嫩脂透。毋起舞，金盤如繡。
綴玉免了癡情，細酌，忘之南北，
爽心萬家天佑。

調寄【卓牌子】二〇一七年六月四日

油燜春筍

望竹炫，景不亂，記得燕歌鶯舞轉。
和暖意，驚送豔，歷來毛芽嫩相見。
色紅豔。

燜筍片，換一面，解毒化瘀盡觸幻。
紅色脆，味不限，適口安神心不亂。
謝春綻。

調寄【掃地舞】二〇一六年六月十四日

番茄蝦仁鍋巴

紅玉茄汁澆透，酥脆鍋巴紅廈。
豆兒藏入蝦鄉誘，瑰麗人前人後。

勸君趁熱消春咒，慢迴袖。
百年老輩攜海媾，如玉神仙，蝦秀。

調寄【秋芯香】二〇一五年六月五日

叫花雞

穿土圍泥裹草衣，火中煨透虞山西。
餓腸困度蒼天謀，饑腹難攀石上倚。
叫花雞香生地脈，禦膳房巧描天坯。
韻汁韻味風光美，撇去東西南北雞。

調寄【瑞鷓鴣】二〇一六年六月十五日

西湖醋魚

唱三朝九代，珍膾精肴。
高宗愛，宋嫂瀟，
魚香追毛蟹，酸辣味甜嬌。
歎魚羹，思叔嫂，盡消遙。

良食相伴，人生煩勞。
唯此足，樂當宵。
醋魚幾朝代？無數聖人凋。
留千歲，憑椒醋，沒魚腰。

調寄【三奠子】二〇一二年六月六日

烏梅糖醋小排

朦朧天，瑞雪皚皚，阡陌已遠。
看廚下、異縷有芬芳，拂去虛寂空泛。
巡徑去，青煙嫋，偷見墜烹紅戀。

糖連醋，骨甜鹹，軟肉沾亮排岸。
銘香謝，品汁烏梅酸甜漣。
萬古年華，寫滿醉心詩，真燦爛。

調寄【簷前鐵】二〇一二年六月十六日

面拖蟹

藍蟹花青，油浴紅澄。
添鹽醬，調味中庸。
爪八靚翅，縱粉晶瑩。
遙水看山，雲天遠，近雕龍。

百弘群覽。蟹守鼇頭，
面拖情，坦腑逢胸。
不矜鮮嫩，尤看從容。
會時候，勿叮嚀。

調寄【行香子】二〇一四年六月二十七日

蟹粉豆腐羹

白嫩聞香，蟹籽爭芳。
南風順、曲炫悠揚。
味充調就，色滿白黃。
有老生愛，孺孫搶，女兒狂。

熙熙堂宴，廚房喧嚷。
眾相求、一品端祥。
朵頤之欲，氾濫廳堂。
夏華生計，世世美、代代長。

調寄【行香子】二〇一八年六月七日

素炒鱔絲

黃神似鱔條兒現。色相好，雄堂立鑒。
婀娜菇枝，相隨筍片，豌豆先爛。
菜芽淡露溫情半。灶火旺、晶粘秀面。
耄耋相逢，勿談詩酒，聽雨問鱔。

調寄【玉團兒】二〇一六年六月二十八日

油麵筋塞肉

小雨催舟，渡橋相夠，疾欲返家人已瘦。
小廚房、妻籌謀，煨出油面丸，色姿紅袖。

乙丑相和，慧心蓮就。
就香濃把情味透。
事紛忙，常淒涼，
美食恒不變，苦樂新舊。

調寄【錦帳春】二〇一六年七月八日

松鼠魚

月下清風嫵媚，宴前松鼠靈鮮。
情自廚師雕細縷，塘下秋鱗開笑顏。
未嘗嘴已甜。

踏遍青山心累，戶戶依舊炊煙。
生計百般蒼涼意，勞煩之外有甜鹹。
魚香伴月圓。

調寄【破陣子】二〇一七年六月九日

火腿燉鱔絲

黃湯五鱔，輕閒火腿歸浦。
重又扶搖遇仙穀。
健身解毒，祛風寒、腸溫心補。
域膳隨時宜，緲香攜千古。

合萃金鰓，迎碧水、香茵綻吐。
度午端陽忙村婦。
笑聞聲語，盼青花、老少瞠目。
尋人無跡，看飄香處。

調寄【瑞雲濃】二〇一六年六月九日

醃蘿蔔櫻

蔥綠清亮，蒜白片、爽爽春歌嘹亮。
鹹脆雅淡生輝，康健越葷熗。
非大菜、牆花偷笑，卻添了幾分蕩漾。
百姓黎民，三餐米麵，街裏食巷。

又曾是、燈酒明嚼，奈何裏、虛肥體空脹。
沉下一番芳慮，擯雞鴨魚肉。
重撿起、蘿蔔綠苗，味為贏、濾脂削胖。
萬物各有佳用，難說誰旺。

調寄【琵琶仙】二〇一〇年六月十日

燒二冬

鍋熗煙消，輔調擺炫，筍片菇頭爆炒。
鮮湯入、星星嫋嫋，亮勾芡，斂舞潤角。
耳迎迎，帶過年輪，配冬味、千里山珍春曉。
秀麗滿人間，雍容華貴，一曲山歌成謠。

自有達人擁金翠，未解百姓胸懷，終縹緲。
素樸朴，山源長久；殷實實，斷恒昏曉。
二冬嫩，廉裏山珍，自帶了天香，清高玉傲。
東風吹四海，哺育萬物，成了小菜功勞。

調寄【金明池】二〇一一年十一月十日

浙菜

香煎素雞

鹵醃豆干味何休，香煎入瓊樓。

金黃香酥心慮亂，問南斗、何來珍饈？

遙想豆田，搖曳嫩翠，秋陽曬金豆。

豆糜漫香天上有，吹綠山鄉秀。

巧撥天工繪新曲，乾絲片汁百花皺。

沉情細思，素雞歸處，窈窕東風穀瘦。

調寄【一叢花】二〇一六年六月十一日

蒸餛飩

臥蠶環耳，沉軟糯彌香，嬌手名揚。

餛飩初情，顆顆染紅霜。

古有鮮肉弄餡，今看百味入鮮囊。

蒸雲過，晶瑩初綻，裡外濃香。

東游清爽雞懷，西旅酣暢羊歌，終使歸湯。

籠屜情緣，看寧波雌黃。

往來千番閒事，衣食百態有華章。

山無言，銜情默默，憑人間鶯燕忙。

調寄【雙調‧小聖樂】二〇〇七年六月十七日

熗油菜

橫攬百味，閱山珍魚蟹，淨看葷腥。
禽肉膻脂，無不昏腦閉膿。
喜看青翠油綠，涼心境、入口脆生。
湛影如畫，倩葉嬌嬌，白玉催情。

順心清場一身輕，油菜熗心春，心知肚明。
灶前灶後，無語相知相逢。
綠葉淡妝如水，撫平事、南北從容。
回眸世事，華凌煙去，素樸東風。

調寄【十月桃】二〇〇九年六月二十七日

荷葉粉蒸肉

蓮清香蒲，裹糜肉如衣。
肉酥粉糯肥無膩，涼血氣、毒泄生機。
五花銜皮津黃酒，辛辣麻醬彌。

籠屜帶汽費時辰，荷葉醉相依。
漫捲詩書歌一曲，請玉壺、不論東西？
殘月偷羞霧裡淚，舉杯情淒淒。

調寄【師師令】二〇一二年五月十八日

醉雞

雞已醉，夢裡情相會。

紹興老酒蕭娘煨，美了鴛鴦配。

滑嫩依依，麻香處處，偷歡喜淚。

讀野史，百代輪迴。

今日媚，人亦醉。陰陽異曲春花貴。

田園風，山野雨，染山匯水雞鄉慰。

不忘醉雞味。

調寄【且坐令】二〇一二年六月二十八日

雪菜黃魚

瑣碎金鱗走，遊海本為神首。

雪菜生醃，脆嫩總覺鹹舊。

難相遇，一日同眠相臥，捧出鮮香魚謀。

酸汪進，情意謙謙露。

絕配東土海味，慰眾賜香，尤添了咸湯秀。

雙飛燕，雪菜黃魚留味，舉觴同卷紅袖。

調寄【下水船】二〇一三年三月十九日

珍珠丸子

肉茸鮮，粘米糯。

清蛋調情，菇奶荸薺臥。

你我相纏蒸鍋摞。

汽熱團團，滿灑珍珠破。

沔陽魂，五洲獲。

五嶽三山，千里共享樂。

風細吹簾重叩首，

擯棄恩怨，醉滿珍珠酒。

調寄【蘇幕遮】二〇一三年六月二十日

三絲敲魚

蕩蕩甌江故典雲集，遺趣有溫州。

忿敲魚和尚，哀師洩恨，竟孕肴饈。

細膩鹹甜三絲，酸辣爽滑遊。

勝似天成就，香漫東流。

奇偶世間相盛，成就山水嬌，豈敢全收？

品雞絲火腿，贊嫩蕈情留。

一路風帆入浙海，幾番停、不覺入冬秋。

甘霖有，溫州憑欄，敲聲無休。

調寄【八聲甘州】二〇一六年二月十九日

火腿蒸鱸魚

華府食樓。
煎燒薈萃，百般風流。
又是鱸魚宴，異香灑江州。
拂去白霧迫青花，見紅菱、段守鱸丘。
慰是靜香火腿，伴玉灘頭。

籍沒紅香鹹夠，
仰天歎、何人做曲妝稠？
蒸鱸已盡顏，玉摟金、宮闕有沉謀。
歸思，廚娘高、不亞王侯。
三秋月，一縷鍋香，火腿魚遊。

調寄【八節長歡】二〇一五年五月十三日

花雕熏魚

魚香焦鮮青花岸，甜鹹巧酥萬人戀，
花雕熏魚西湖畔。得意千載，造福楚漢。
你我無功羞顏面。

調寄【中呂・賣花聲】二〇一一年十月十四日

泥螺梅干菜

青斑黃丫，臥泥食斷甲，豐脂桂花。
桃花三月螺，香漫紹興家。
千年梅乾熏玉螺。他鄉知味，譽滿天涯。
侶諧路，幾度回頭棄浮華。

奇葩，貌未揚。混沌碎果，時鮮謀一呷。
回首再夾，初嘗春嬌，竟忘渺小昏醃。
小食俗肴天作美，蘇杭異曲萬年霞。
添壺酒，攜來神仙敬紫衙。

調寄【換巢鸞鳳】二〇一三年二月十八日

西湖牛肉羹

瘦牛肉，散蛋花。
混調胡椒亂菇芽，潤嘴珠滑。
老少婦孺，盈盈口不暇。
餐前如暖流潤腹歸家，
飯後似濃漿溜隙天涯。
芫荽不寂寞，腐丁比二八。
淡香知，遙遙切切戀她。

調寄【越調‧塞兒令】二〇〇九年八月十二日

油爆大蝦

吳越競秀爭鋒，八江十水，靜泊橫映。
青蝦群躍，夙雀環行，人傑地靈。
酣宴人家各異，烹蝦經緯相同。
脆鬚生生，紅殼晶瑩，白肉凌凌。

油燜千江不敗，歷久彌新，萬里香開。
山下亭台，水上人家，各有錦裁。
醉夢樽前多情，不忘翻殼紅白。
綿綿幽思，造物天下，何為金釵？

調寄【雙調‧蟾宮曲】二〇一二年七月八日

西湖蒓菜羹

馬蹄草下漾絲滑，細數飄蛋花。
漣漪湯水聞雞香，碧玉天霞。
梧桐搖影，無奈西風下。
潤喉溫偎憐三秋，未入西江先品峽。
人入紅塵隨遇，四海為家。
欺凌風雨，羹湯暖天涯。

調寄【高平調‧青玉案】二〇一四年七月二十三日

麻辣泡菜肉絲

酸辣清心，絲絲扣鄉情。

肉絲潤脾，說雨聽風。

海外十載無頭緒，邊關難隔萬里行。

歸來一幀泡菜絲，淚滿青衫思洞庭。

調寄【中呂‧酥棗兒】二〇一六年三月十一日

閩菜

閩菜是中國八大菜系之一，歷經中原漢族文化和閩越族文化的混合而形成。閩菜發源於福州，以福州菜為基礎，後又融合閩東、閩南、閩西、閩北、莆仙五地風味菜形成的菜系。狹義閩菜指以福州菜，最早起源於福建福州閩縣，後來發展成福州、閩南、閩西三種流派,即廣義閩菜。

由於福建人民經常往來於海上，於是飲食習俗也逐漸形成帶有開放特色的一種獨特的菜系。閩菜以烹製山珍海味而著稱，在色香味形俱佳的基礎上，尤以「香」、「味」見長，其清鮮、和醇、葷香、不膩的風格特色，以及湯路廣泛的特點，在烹壇園地中獨具一席。福州菜淡爽清鮮，講究湯提鮮，擅長各類山珍海味；閩南菜（廈門、漳州、泉州一帶）講究作料調味，重鮮香；閩西菜（長汀、寧化一帶）偏重鹹辣，烹製多為山珍，特顯山區風味。故此，閩菜形成三大特色，一長於紅糟調味，二長於制湯，三長於使用糖醋。

代表菜色

　　閩菜除招牌菜「佛跳牆」外，還有福州魚丸、鼎邊糊、漳州滷麵、莆田滷麵、海蠣煎、沙縣拌麵、餛飩、廈門沙茶麵、麵線糊、閩南鹹飯、興化米粉、荔枝肉、烏柳居（五柳居）、白雪雞、閩生果，醉排骨、紅糟魚排、長汀豆腐乾等等，均別有風味。

　　湯是閩菜之精髓，素有一湯十變之說。據曇石山文化遺址考證，閩人在五千多年前就有了吃海鮮和製作湯食的傳統。福建一年四季如春，這樣的氣候適合做湯。

客家燙蛋皮

晶黃一派餅柔圓，韌裡白蹁。
淋上麻油辣厚全，俏豆芽、愛蔥蒜。

晨曦映、小街亂。五三簇，追尋蛋攤。
汗面迎朝陽。愜意情愫，自古閩南。

調寄【怨三三】二〇一五年八月二十一日

佛跳牆

（一）

鑒史難，情已亂，佳餚勿用喧囂。
百代香消成佳話，紅壇盛匯珍肴。
搖豔四溢絕饞頂，僧侶也竟心搖。
叩謝山水呈聖物，豈止鳳毛麟角？

（二）

水平平，山靜靜，獨緣閩上西橋。
跳壁如來歸空處，明燈暖掛凌霄。
春春夏夏千秋載，橫天碧水神脈。
一味嘗來驚百骸，絕了虛度昏曉。

調寄【思越人】二〇一八年六月二十一日

鹽水蝦

跳蝦鮮，嫩香托肉縈滿天。
鹽微浸，味清花醉美心弦。
甯勿塗重色，體凝玉香豔。
謝天恩，造物神，秋水就芳宴。

蒼山不飾，真綠處、景盈然。
天水瀚，浩茫育舞千萬年。
蝦情紅袖薈，真味祛心寒。
看鄉魂、亮蝦行、蔚女獻紅顏。

調寄【拂霓裳】二〇一三年六月二十二日

冰糖燕窩

荒礁瀚海，雨燕銜造。
九番往來白元寶，慰藉神縹緲。
濃汁撫任督，補肺血、壯陰降燥。
淡月揮扇唱輕歌，古來先人關照。

蜜亮絲滑，醉魂人未倒。
花逢甘露笑傲，雨散天自笑。
桂果漫捲太液，追懷夢、枸杞輕飄。
萬里遙、百代春秋，留下多少驕傲？

調寄【紅芍藥】二〇一五年一〇月二十二日

文思豆腐

僧手伶，文思創新意，錦花如夢。
即化福黎，筍媚爽口，菇含淄貢。
情汁稠纏火腿，敬刀工、酸鹹隨性。
晨陽旭、巷街人亂，早茶擁眾。

豆條雞湯有情，重伴娘、取味相馨。
山有山珍，河有河寶，陋坡黃亭。
行道之味，在乎人、其心在 。
又更新、玉樓豆腐煙汀。

調寄【玉京秋】二〇一八年六月二十三日

荔枝肉

色豔香，外裡酥囊，酸甜彌消冬夏。
荸薺清春色，輔佐荔枝果，更謝厚味嫁。
古檀桌，拜故香土，老根新芽，
又念紅珠，香糟萬語鄉下。

人生路，春秋行，伴酸甜苦辣。
莫歎命、險峰峽谷，野火青燈，尚有慰魂霸。
荔枝醇，慰我少年，吻肉淚珠蒼顏，
徑足海外，不忘華夏。

調寄【采明珠】二〇一五年三月二十三日

清蒸鯿魚

鯿花戀結郁芳草，徘徊武昌曉。
鮮嫩清蒸，豉油增色，扮得靜妖蛟。
美食長依神創造，更添炎黃巧。
逝往雲煙，留下珍珠邈。

調寄【城頭月】二○一四年六月二十四日

長汀豆腐乾

幽香漫捲，汀州八乾秀嬌懶。
五香精妙一丁點，米酒一杯，幾粒花生眼。
半縷清風吹簾掩，引來幾隻精黃犬。
曆新彌久神仙攬，往來商客，何須知深淺？

調寄【一斛珠】二○一一年六月二十日

八寶芋泥

香芋魂如憶，擁貴色、香甜更炫綺麗。
各色糜羹，靚果金浦，春豔秋趣。
江山萬景閒秀，百鳥耀目林中立。
競美豔、與客添歡，西山八寶芋細。

文人感慨千年，琳琅浩瀚，可歌可泣。
閩人烹芋，智愛陳情，賞心悅意。
爐煙淡畫情緣，恩愛時、斑斕紫泥。
三萬日、未負舊友，一餐永記！

調寄【宴清都】二〇一六年四月二十四日

炒薯粿

升平風月番薯香，玉年糕、煸炒吉祥。
翠葉紅筋伴階舞，染暖妝、幸解衷腸。
舊裡憑欄，暗思半點淒涼。
回首蒼然望新景，添清曲、壽福安康。

調寄【鋸解令】二〇一八年二月二十五日

客家支竹燜牛腩

客家史詩話語長，有情漣、有濃香。
牛腩燜味入酒釀，現醇心、點輕糖。
支竹形色身條浪，借腩光、舞魅娘。
絕色鄉居千百年，臥成龍，終飛揚。

調寄【雙雁兒】二〇一四年九月二十五日

傳統糟香烤鴨腿

紅麴糟香彌閩鄉，熗爆拉醉式，夢番揚。
鴨腿健斂嫩筋香，融萬口，憑得酒香藏。
胡歌吹塞外，秀巧織南方，天薈祥。
漫依酒汁烹文釀，赤肉裡、豈有雌黃？

調寄【小重山】二〇一六年五月二十六日

五香肉卷

蔥頭紫，蔥油香，七裏八裏餡裡藏。
馬蹄細，荸薺涼，去油解膩掩鋒芒。
羅裙忙。

豆皮卷，肉衣囊，三煎四煎裡外香。
五味料，鴨蛋黃，淋澆白飯醉東鄉。
情不忘。

調寄【掃地舞】二〇一三年十月二十六日

紅糟魚

紅麴妙味舒盡，魚香嫋入神。
何人薈萃？撇下蔥薑淋。
觀止何須輕歎，醉夢忘卻酒聞，
一花競芳春。

孤旅悶，魚香攜趣芳樽。
小蟲勝梨花，粗米抽華，散出驚天魂。
糟血染得天鴻，獨擁荒野春風，
笑看天明。

調寄【解蹀躞】二〇一二年六月二十六日

紅糟燜筍

寒冬蓄勢，春筍爭炫，厚土幽心。
贏桌成餐，華彩楚水伴湘雲。
福建戀生紅糟，燜筍惠佳人。
朱色接眼，潤味方知花深。

風煙歲老，無奈和、百疊人紋。
秦皇漢武，覓長生徒悲吟。
結伴良食益友，淨神扶瑤琴。
麴菌益體，豈止步步生春？

調寄【華胥引】二〇一八年六月二十七日

閩式香腸

二八肥瘦，炆酒群芳爍，甜裏如腸衣，猶心喜。
閩胞三千里，殷實過、泉州祭。
無語話倫理，過往年華，窗下一堂攜趣。

先人何時竟成曲，歲月抹芳痕，難尋跡。
輩輩湯鍋滾，重曬晾、杆如曆。
千載相疊憶，傳承智慧，何以後輩銘記？

調寄【鶴沖天】二〇一一年六月二十七日

涼拌血蚶

淺灘翰海，泥蚶蹣跚磧。
漁女赤雙足，凌晨日、簍滿星閉。
脂血仙肉，寵老少。性溫鹹，
補氣血。閩越笙歌起。

益身藥膳，痰癥結痞卻。
淨蛤綻沸水，請薑醋、霞魅顏悅。
白灼輕啖，淨品漸成歡。
盈秋水，淡遠山，今朝新年月。

調寄【驀山溪】二〇一三年六月十七日

醉排骨

美食未醉人自醉，堂下片許歡騰。
汁潤生津液，香骨甜辣嫩相迎。
確憑福人有琴心，贏得筋骨傳情。
醬醋和聲美，食樓謝長風。

調寄【使牛子】二〇一二年四月二十八日

冬棗鳳尾蝦

百果之首孕東魯，閩商南北採新古。
往來盈門客，攜來冬棗長舞。
鳳尾蝦眉，竟臥了個溫柔補。
誰道海鮮難上路？自有蝦妹入甜府。

一遭入贅，繁衍任雌雄，冀魯輕歌易主，
又南行。秋雨衰衰淒冷，倦意閩人，攜肩歸家動土。
暗燭青花，鳳尾紅亮驚忱，
冬棗催悅色。再走世間路。

調寄【西吳曲】二〇一三年六月二十一日

糟羊肉

紅糟盈春月，肉泛南鄉媚。
鮮嫩羧羯，潤味縈芡燴。
每當佳時，返鄉重淚。
燜糟香影，竟現眼前花卉。

土鄉味，感摯一霽，竟出千里情百匯。
沒齒留香，舉眉彎月笑狼狽。
甜糟如錦，擁前攜輩。
歲歲花香，喜得蜂兒累。

調寄【瑤階草】二〇一〇年六月二十九日

雙色魚丸

圓靈靈，彩輕輕，
蘊海含香鴛鴦嚀。
春湯翠縷盈六腑，
璀璨入面世間行。

調寄【赤棗子】二〇一二年七月二十九日

珠翅燒鱖魚

鶯鳴燕語情未盡，
鱖豔翅根留醇。
酥爛補血長相印，
不忘老鄉真情分。

調寄【春曉曲】二〇一六年七月一日

烏龍戲珠

烏龍舞，玉珠凝。片片香雲入花屏。
筍菇說盡芳草美，尚有鵪鶉臥巢中。

調寄【桂殿秋】二〇一四年九月一日

蝦籽扒菇參

豈止神仙伴，共赴錦緯盛宴。

蠕海東西，盡攬仙濤碧湛。

緣木生，遙驅三江瑜北，飽蘊幽峻林鑒。

真技藝，翻滾玲瓏現。

菇參有緣相見，一縷青煙，阡陌戶戶相戀。

酒巡過，芳面灼灼生輝，五味笑出雲畔。

調寄【下水船】二〇一六年十一月一日

泉州醋肉

百越自得嬌食，味美緣於肖癡。

驚於醋相識，喜焦黃、脆酥盈市。

南來北往小吃，未愈泉州相視。

少兒驅如擲，半生顛沛，醋肉一世。

調寄【伊州三台】二〇一五年六月九日

全絲燴魚翅

七絲燴，七絲燴，
共眠四海仙。
無言潤新添驚愕，
未知山海一抹天。
萬世有團圓。

調寄【法駕道引】二○一七年九月三日

軟炸蝦糕

蝦泥火腿，蛋清輕裹入神怡。
荸薺溢脂，豔勻添香霧，花碎生襲。
籠蒸小嫩，黃油煎脆，淨得花梨。
滿堂宴，豈止醉飽，神飛情怡。

調寄【金盞子令】二○一六年八月二十七日

魚蝦爭豔

魚蓉惠交玉橄欖，晶汁數圓圓。
蝦覓甜鹹，新貌笑對人間。
盼沙司、更添饞。

紅顏戀戀呈香案，不為祭、益中天。
八方父老，香醉夢影流連。
千秋趣、魚蝦戀。

調寄【步盧子令】二〇一六年四月十一日

酸梅爪尖

爛豬蹄，酸梅煨，瓊汁漫紅緯。
紹酒白糖，黃姜融雲水。
離愁已去九霄，朵頤聲聲，人無語、只見骨匯。

養紅顏。同是三祝有高天，獨愛朱肴美。
同是人生，何須衡相悔？
烹蹄猶如問世，何時歸曉？尋思量、才經智緯。

調寄【祝英台近】二〇一三年六月二日

雙鮮扒芥藍

西山閩鄉，輕煙僻壤，落霞映壁悄無息。
獨臨彎徑，一縷清香幽遇。
老廚人，汗浸貼衫脊。
汗濕勁，花白肉下，烏魚再會仙侶。

數十年未遇。天高地荒遠，風歌雲曲。
萬頃相思，四隻淚眼無語。
縱翠玉，幾處秋煙雨？竟迸發、
白凌漫裏，鬱千年情趣。

調寄【蔥運算元慢】二〇一四年十二月十三日

沙茶燜仔雞

金黃韻沙茶，借去潮汕香。
十余股味，深交疊扣無短長。
延於蘇門棚戶，練就粵水街巷。
一風遍南洋。仔雞綽於前，油浴放芬芳。

五色檀，八方客，竟瑤觴。
東風翩過倦留，無語過番牆。
瀟灑臘梅探指，只見銷魂人物，齒下鑄蒼黃。
華夏又一曲，萬代好飛揚。

調寄【水調歌頭】二〇一一年九月六日

湘菜

　　湘菜，又叫湖南菜，是中國歷史悠久的八大菜系之一，早在漢朝就已經形成菜系。以湘江流域、洞庭湖區和湘西山區三種地方風味為主。湘菜製作精細，用料上比較廣泛，口味多變，品種繁多；色澤上油重色濃，講求實惠；品味上注重香辣、香鮮、軟嫩；制法上以煨、燉、臘、蒸、炒諸法見稱。湘菜的主題是下飯，其實很多湖南人也是怕辣的，而又要吃那種很辣的，由辣而產生多吃米飯的結果，所以湘菜主要生的作用是下飯。

代表菜色

　　官府湘菜代表菜品以組庵湘菜為代表，如組庵豆腐、組庵魚翅等；民間湘菜代表菜品有剁椒魚頭、辣椒炒肉、湘西外婆菜、吉首酸肉、牛肉粉，郴州魚粉，東安雞，金魚戲蓮、永州血鴨、臘味合蒸、姊妹團子、寧鄉口味蛇、岳陽薑辣蛇等。

左宗棠雞

東風漫步庭院，吹爐煙輕搖，鬱香來伴。
燈懸九尺，番裹雲天，賓朋雲燦。
前廳聲鼎沸，擁男女、雞香隨聲現。
左宗棠、能將達官，沾名美食何願？

酸甜微辣雞塊，贏五洲情舍，長貴禦膳。
嫩酥芳軟，佳人風味，影疏悠然。
青史留名處，無其殊、代代尋其遠。
宗棠雞、華夏幽香，無關深淺。

調寄【西湖月】二〇一三年七月十二日

孔雀開屏清蒸魚

渾香舒尾，鮮露長江水。
浪裡蛟龍走南北，出水九天雲緯。
猶是孔雀開屏，又呈美食佳形。
滿座賓客驚愕，神仙美味濃情。

調寄【清平樂】二〇一四年十二月十五日

剁椒魚頭

腦懶朧朧湯靈貴，滿盤如繪。
椒心透縷摟紅琴，自頭淫。
胃開花酒品細臨，一辣省昏心。
又伴厚憨餘香，戀情深。

調寄【戀情深】二〇一七年七月二日

筍乾炒臘肉

清芯山茅惹重味。農樵山歌響，月滿風歸。
庶民之智，千年如，韶華薇薇。
燕隼欲隨臘香走，鷦鴣輕入筍尖堆。
萬物之靈，摘星攬月，竟一鍋燴。

調寄【雙調・折桂令】二〇一五年九月二日

油豆腐釀肉

油煎豆室孕香匣，豆迷五花，
豆披彩霞，豆裹芳姿，豆潤七味，豆嫩皮滑。
小橋流水有人家，田園蔬果有魚蝦。
釀肉團圓，釀情堪誇，釀素多汁，釀愛如霞。

調寄【雙調・蟾宮曲】二〇一五年十月十三日

湖南小炒肉

蔥薑椒蒜來相伴，
五花肉羞面。
翻炒攪三江，
香臃遍嶺南。
炒肉出鍋貪無豔。

調寄【雙調·清江引】二〇一五年八月三日

瀟湘豬手

醬色著肘香無度，
嫩皮筋肉兩相顧，
三苗之後靈心處，
鬥嬌百味盈目。
從來蜂兒追花露，
一朝蹄花，漫香群妒。
潤膚情常駐。

調寄【雙調·水仙子】二〇一三年七月三日

乾鍋花菜

油瓷鍋百烹惠裡，嫩花菜香裏蘑頭。

一抹紅顏水，幾顆豆瓣留。

鹹淡入口情忘憂，悠然大家閨秀。

鄉間花菜上西樓。

調寄【雙調・沉醉東風】二〇一六年三月四日

蒸豆腐鮮嫩蝦仁肉末

玉紅白，一盤純潔眾相猜。

遙見海棠雪下來，有情相拜。

何必自羞無才，肉香捱，豆腐成無敗。

琴心相愛，散撒天才。

調寄【雙調・殿前歡】二〇一一年十月四日

紅燒鴿子肉

糖染色，醬味彰，山光映廚房。

鴿皮脆，鴿肉釀，

料調三番骨裡香。夢裡敬高堂。

調寄【南呂・乾荷葉】二〇一二年十一月四日

家常辣子雞

全城火熱辣如麻，嫩雞入紅焗。
肆辣無忌羞嬌娃。
半中華，激情亢奮喜椒花。
半嘴偏麻，半心香辣，半臉紅霞。

調寄【越調·小桃紅】二〇一三年三月五日

臘味蒸飯

臘腸紅，火腿香。情趣甜膩入米湯。
青菜鹽醬拼入味，食客幾多喜誠惶。

調寄【雙調·壽陽曲】二〇一八年元月五日

豉香金錢蛋

香鍋小炒肴，紅椒戀蒜毫。
黃白如月香煎，靠，如何這般妙？
忘情懷，舉杯且逍遙。

調寄【南呂·閱金經】二〇一四年七月一日

臘八豆蒸臘肉

靚豆繁調，催來美味眾相瀟。
汽散臘香滿荒郊。
煙村靜，月清明，農人逍遙。
廊下臘味托生計，臘八月裡豆香飄。

調寄【中呂・粉蝶兒】二〇一六年七月六日

肉丁炒外婆菜

土牆矮，香槐高。茅屋簷下辣子飄。
外婆譚下盡藏百寶，抓把肉丁少年嬌。

調寄【雙調・落梅風】二〇一五年七月六日

春筍炒臘肉

梨花裸，桃花游，春水盈潤，山筍頷羞。
竹萌鮮炒肉，白玉睡豪裘。
朱門廊下客不盡，山寨後園旅驥留。
小菜清心，意猶未盡，再添新籌。

調寄【中呂・普天樂】二〇一六年七月二十六日

湘乳燒鱸魚

魚香穿堂，眾口咽噎。
青紅絲繞，嫩魚一碟。
朱紅乳，半生遂，一朝歇。
鱸兒又換新耶。

調寄【黃鐘·節節高】二〇一一年四月二十八日

湘西土匪雞

湘西滿山巒，土匪美食炫。
匪雞凌高桌，亂聲自消安。
三教各釋義，民以食為天。
九流不分賤，雞香嘴都甜。
驚歎，是酸辣、是甜鹹？
雞仙，贏了土匪贊。

調寄【雙調·雁兒落過得勝令】二〇一二年三月八日

臘味炒泥蒿

經年熏臘有珍藏，纏過香蔬也繞過野芳。
泥蒿巧秀聲不露，竟戀臘色油香。
皇都無緣聽聞，鄉野自有品嘗。
天下裨益自均衡，自是神的霞光。

調寄【正宮・黑漆弩】二〇一六年六月十八日

湖南圓子粑

精靈異香蒙湘霧，菇婆米酒秀乘除。
青花一幀山水綠，孤現騰騰粑戶。
拍打三番筋縷上勁，喜泣著糯米兒珠。
倒算起何人始創？歎得我仰面難呼。

調寄【正宮・鸚鵡曲】二〇一七年五月九日

擂缽茄子

湘西廚下有神器，擂缽出迤邐，
茄果瓜豆全無忌。
恨天地，美食總要遂心意。
茄麋香盡，益智養心，尚有古趣。

調寄【越調・小桃紅】二〇一二年七月十九日

砂鍋藕帶

雛藕如縷，潔白似玉，
入鍋調味添情欲。
春花開，柳梢絮，萬象更新荷塘綠。
出生藕帶簸籮聚。
入，兩腿泥，出，一臉趣。

調寄【中呂・山坡羊】二〇一五年七月二十二日

酸香麻辣東安雞

香酸潁雞，宮保凌席。
千年廚技堪詩意。
麻辣微，蔥薑細，陳醋錯當料酒濾。
歪打正著亂配婿。
橫，饗皇戚；豎，美布衣。

調寄【中呂・山坡羊】二〇一一年七月十九日

紅棗甜酒蒸糍粑

映蓉蓉醬紫甜香。

沁心醉酒，神逝肴恍。

愛之韻味，泯唇難抑，綿軟情殤。

淒瀝瀝暖心語，幸渺渺冷他鄉。

四十餘載，再品淑果，淚落蒼涼。

調寄【雙調·折桂令】二〇一二年十月十日

雜醬萵筍絲

綠絲，醬淬，黃月中心綴。

清脆聲中心情蔚，兜得肉兒多味。

巫醫樂師，閒雜人輩，無不遇此金觥傀。

看百年苔牆，歲月，無傷半點真青翠。

調寄【中呂·朝天子】二〇一四年九月十日

湘味小黃魚

萬頃波濤，正孕黃花頤院。
未夢黴日，竟成紅台宴。
廚間灶火，耘九味魚香漫。
嫩煎焦脆，長街馨仙。

湘寄獨門，盡番汁、掩落幔。
金妝飾面，盡忠全玉獻。
慨歎世間，何為公允無騙？
生靈紛紛，公正難判。

調寄【傳言玉女】二〇一三年八月十九日

湘味上湯浸鮮魚

襤褸僧侶破門依。
遙街巷、魚香慢入隙。
雖是佛家，也動儀、洇水瀝瀝。
上湯魚、湘南湘北長驅。

嫩仙脂美靜如玉。
津百味、一口踏雲去。
棄著攬勺，蘊湯走、數目如霽。
人生事，三餐美食首愉。

調寄【月上海棠】二〇一五年六月九日

苦瓜釀肉

精雕翠微天造，肉丸聖心麝高。
一曲新材智凌霄，益心護體除妖。

嫩肌涼腹淡淡苦，驚明目、慰書郎瀟。
鮮香暖身陳陳香，萬年瑞風鄉肴。

調寄【獻天壽令】二〇一四年七月九日

家鄉豆腐

斑斕五色秀天姿，神女聞相思。
借問汝何物，萬花無主，笑哏輕訾。

玉煎黃、黑耳半遮，醬香抹豔詩。
青花碗、不舍嬌秀，塗滿咸湯美汁。

調寄【孤館深沉】二〇一一年十一月十八日

剁椒蒸金針菇

毛柄金錢菌，益中舞細縷。
傲視眾菇醫病馬，蓋輕滑、霞球展白曲。
泡椒唯實味，紅綠休言語。
催食下飯漁樵話，褶柄狹、湘江家人枒。

調寄【黃鶴洞仙】二〇〇九月四日

竹蓀排骨湯

雪蓀孕湯浸豬骨，脂香彌、軟笙情隨。
偏有蘿蔔藏溫存，寬心緒、雲開霞迴。
文士長吟山水好，追命時、還是溫飽。
巧渡萬物映纖手，排骨湯、竹蓀寰撩。

調寄【二色宮桃】二〇〇二年五月十四日

酸豆角炒雞胗

豆酸陳綠攜香臥，嬌嫩胗乾入彩末，
秋霜雖有濕黃葉，美味終將穿廊過。
青紅椒絲銜微辣，崢面紅胗裹玉下。
風流零落有酸茸，唯看瀟湘百姓家。

調寄【木蘭花令】二〇一一年十二月九日

乾鍋肥腸

乾鍋亮。
透紅綿軟，喜泣幽香，
風雨夜，對酒相向。
玲瓏敲窗杯中酒，情深又相望。
貴同鄉。
三十年無蹤影，音容忘。
唯有鄉肴，喚飛少年翔。
味回心，情相駐、再謝紅腸。

調寄【秋心相引】二〇一四年八月八日

徽菜

　　徽菜菜系又稱「徽幫」、「徽州風味」，是中國八大菜系之一。徽菜起源於南宋時期的徽州府（現黃山市，江西省婺源縣，以及安徽省宣城市績溪縣組成），徽菜是古徽州的地方特色，其獨特的地理人文環境賦予徽菜獨有的味道，由於明清徽商的崛起，這種地方風味逐漸進入市肆，流傳於蘇、浙、贛、閩、滬、鄂以至長江中、下游區域，具有廣泛的影響，明清時期一度居於八大菜系之首。

代表菜色

　　代表菜品：徽州毛豆腐、紅燒臭鱖魚、火腿燉甲魚，紅燒果子狸、醃鮮鱖魚、黃山燉鴿等等。

　　宋高宗曾問歙味於學士汪藻，汪藻舉梅聖俞詩對答「雪天牛尾狸，沙地馬蹄鱉」。牛尾狸即果子狸，又名白額。據《徽州府志》記載，早在南宋間，用徽州山區特產「沙地馬蹄鱉，雪天牛尾狸」做菜已聞名各地。

　　徽菜起源於徽州府城歙縣（古徽州），徽菜發端於唐宋，興盛於明清，民國間徽菜在績溪繼續進一步發展。安徽省績溪縣被授予中國徽菜之鄉稱號，每年均舉辦國際徽菜飲食文化節。

醃鮮臭鮭魚

鮮臭鱖魚術，難思汁緣著。
八百年來徽幫風流路。
巧醃盡其味，略煎揚香醇花露。
紅湯凝濃處，重現徽幫家鄉古鋪。

調寄【仙侶·醉中天】二〇一八年七月十一日

問政山筍（臘香問政筍）

歙人情，思鄉濃，
問政山筍園春夢。千年蔚成風。
簞紅肉白清燉，一曲鄉歌正高鳴。
回首先人月更明。

調寄【雙調·大德歌】二〇〇九年七月十一日

刀板香

紅白間，香難謝。
績溪龍川鄉舍月。
刀板偏借春花夜。
醃肉嫩，醃肉香，千年越。

調寄【南呂·四塊玉】二〇一五年七月十一日

三鮮翡翠豆花

玲瓏雙魚生翠玉，皖淮三江菜生趣。
豆花無言伴糊綠。東窗聚，舊友重香溢。

調寄【中呂・喜春來】二〇一一年七月十二日

清蒸鷹龜

憨龜空鷹嘴，無奈臥鉢邊。
奉乳白精華，頓足空悲歡。
人之貪，攬星摘月，一往竟無前。

調寄【仙侶・後庭花破子】二〇一七年七月十二日

徽州圓子

肥膘凝香，桂花金桔伴，不嫌糖多。
炒米陰濕，粉蛋調衣缽。
輕摟甜香之芯，麻油焦炸轉三鍋。
青紅絲，熱染美味，遍灑香荷。

肉香甜品不多，恰如人生事，休得放過。
華夏萬里，璀璨無需歌。
荒漠僻壤窮鄉，亦不乏珍品智多。
徽之星，美卻了三江匯，燦爛天河。

調寄【雙調·驟雨打新荷】二〇一五年七月十二日

雙爆串飛

雉嫩滑似萍珠，
鴨厚美過嬌鹵。
翠園爆飛兩脯，
津味十足。
一抹香璧如酥。

調寄【越調·天淨沙】二〇一〇年元月十三日

虎皮毛豆腐

豆腐毛，輕飄飄，香煎兩面焦。

虎皮俏，太祖烙，一簾月影獨自憔。

終遇天子報。

調寄【南呂・乾荷葉】二〇一六年二月十三日

香菇板栗

香菇板栗一山歇。往來踏石階。

皖民思細，黃棕交尾，摘帽脫靴。

精油烹之，甜鹹抹介，晶瑩亮闕。

秋山碩果，巧手婚嫁，瓊葩山缺。

調寄【黃鐘・人月圓】二〇一六年四月十三日

楊梅丸子

俊丸俏，裏面屑。

香煎焦黃卻頂著紅綠草。

什麼味浸了梅汁？脆脆香可惹了前朝？

真不得了。

調寄【雙調・撥不斷】二〇一五年元月十五日

鳳燉牡丹

玉乳波泛牡丹懷，

鳳香隔窗來，芙蓉開。

難得見肚兒嫩火腿紅白。

竟是高貴菜，喜了產娘嘴笑歪。

調寄【雙調・潘妃曲】二〇一五年二月十五日

中和湯

菇筍又伴豆回鄉，鮮蝦鄰里秀衷腸，

祁門中河清如碧。南宋起，中原有滄桑。

調寄【中呂・陽春曲】二〇一六年七月二十五日

當歸獐肉

獐肉慢燒，重色工長，歸姜細熬。

芡汁交融漫妙，雲騰氣豪。

糯糯軟仙欲飄飄，綿綿香神韻濤濤。

村煙冒，紅塵事了，三萬天逍遙。

調寄【中呂・滿庭芳】二〇一六年七月十五日

香菇盒

圓圓排碼停當，嫩菇托著肉香。
一口一個未待涼，滿屋喜眉蕩漾。

調寄【中呂・醉高歌】二〇一四年一〇月十六日

清蒸石雞

姿豔靚羽繞山巒，
狼人竟攬桌上餐。
野味何其香，罪孽也滔天。

調寄【越調・憑欄人】二〇一二年二月十六日

一品鍋

石台誥命之花，一品迎皇，百味精華。
底筍肉連，腐乾園津，銀絲湯霞。
翠苗牽腰山邊游，黃菇委膝雲中畫。
金盆綴碧，父老人家。莫忘徽州，數典天涯。

調寄【雙調・蟾宮曲】二〇一三年九月十六日

毛峰熏鰣魚

毛峰熏香，金鱗玉指逸茶漫村郎。
細膩鮮鰣，抹去半世淒傷。
雲避草廬無遠近，水刷石壁有雌黃。
風雲歲月走，時常風光。

調寄【仙侶・八聲甘州】二〇一六年七月十六日

黃山燉鴿

黃山峻，山珍奇。野味動神怡。
野山藥，薑黃意。
鴿如泥，品鮮甄盆日更西。

調寄【商調・梧葉兒】二〇一六年十二月十六日

寸金肉

里脊鑲皮，火腿裹蘭心，芝麻圍巾。
油煎八分香，形似飴糖寸金，神卻仙果酥魂。
蔴粒香，散盡皖南雲。
歎，無緣千里難尋。

調寄【雙調・碧玉簫】二〇一八年七月十七日

蜂窩豆腐

蔥薑油潤腰花，筍貝湯泌雞肉。
膘蘊菇芯美，筋惹胗黃羞。
錦衣鋪就，蝦仁蛋香伴著白透。
蒸騰霧裡蝦鑲耘頭。
望著麻麻蜂窩秀，盛世下人間珍誘。

調寄【南呂・一枝花】二〇一八年七月十七日

火腿燉甲魚

紅白相間，黃綠相會。
甲魚筋骨，孤魂清淚。
鄉舍煙，滅生靈，人中醉。
世間何為心碎？

調寄【黃鐘・節節高】二〇〇八年七月十八日

雪冬燒山雞

橫山綿遠雪愈飛，碧水悠長霧漸微。
蕭蕭風裡暖暖偎，濛濛崖下咯咯催。
野雉終臨香鍋煨，冬菇先入玉盆炊。

肥膘肉趕來添新魅，醃雪菜從中增綠暉。
三冬密友三冬匯，四世老少四代悲。
野味雖得異香歸，生靈歎遭摧。

調寄【中呂‧十二月過堯民歌】二〇一〇年七月十八日

蟹黃蝦盅

金秋賞菊入西園，蝦盅蟹黃鮮。
精廚巧自撰，美了神州笑了江南。
勿須舉杯，何言寒暄？心知卻秋寒。
情侶兩相戀，生無來往死相伴。

調寄【仙侶‧太常引】二〇〇九年七月二十八日

符離集燒雞

符離鎮漫香雞宴，原是景玉紅麴燦。
爛香脫骨吃相斑斕，豈管人種貴賤？
十餘種熏香配料，鹵湯卷著千年汗。
看彎月，盡享著鬱鬱芳芳，又入雲漣。

調寄【仙侶・解三醒】二〇一〇年七月十八日

甲魚羊肉湯

鱉甲游鮮湯，溶去精華枯自涼。
三元和胃補肝腎，鹹也怡養，淡也怡養。
白蔔開來蘊情，青蒜春衣裸翠鑲。
三九寒冬風雪時，湯下飄香，湯上吉祥。

調寄【南鄉一剪梅】二〇〇九年九月十六日

肉末香菇豆腐泡

嬌嫩油黃，得味潤湯池。
憨泡空囊銜香美。
了了錦衣，又添了菇婆肉滯。

肥菇暗香早，棕皇碧來遲。
不怕燈紅酒綠，高雅臥閒枝。
寄俗呈貴脯，用心日。

調寄【荷葉鋪水面】二〇〇六年十一月三日

皮蛋拌饊子

鍋裡油滾黴黃，鍋外皮蛋蔥薑。
椒鹽醬醋，漫裹輕熠，融潤攀芳。
脆抿江南風月，蛋匿人世風霜。
淑女若鶩，壯士如虎，少年似狼。

調寄【茅山逢故人】二〇一〇年四月十八日

葡萄魚

如荔，剞刀輕刃如累，煎香墜墜含玉。
情郁，酸甜遂心，飽滿珠珠晶花，櫻口慢銜嫩魚粒。
淮趣，蕭縣奇人，竟鏤青魚風流，
蘊意奇思，如詩似畫，爐火造神奇。
蘭心兒，瀟灑情懷，杯酒閒話長相憶。

調寄【郭郎兒近拍】二〇〇九年四月十九日

掌上明珠

劃水筋皮香，浸透汁、瞠目欲狂。
蝦絨臥底，鵪鶉圓致，蛋白兩廂。
經得濃稠漫景月，竟無語、讚語心長。
精品珍肴，栩栩神造，淚灑東陽。

調寄【促拍採桑子】二〇〇八年十一月十二日

香辣雞爪豆

青黃豆兒伴雞韌，添眾味、嫩膚香襯。
筋麻肉辣厚愛蘊，甄一尊、傲影紅俊。
七鄰八舍晃影，真知己、亂語無爭。
小菜家宴逢君興，人生事、愁損何憑？

調寄【金蓮繞鳳樓】二〇〇九年十月九日

鳳陽釀豆腐

肉丸臥白馥，嫩玉簇櫻桃。

難得元璋不忘遙，禦膳筵黃僚。

風霜一載載，代代新佳餚。

唯有鳳陽瓤豆腐。

調寄【巫山一段雲】二〇〇六年五月十六日

茭白雞米

五色芳丁，各潤骨感，陰陽風潤不淺。

未凝碧椒輕柔，玉白茭芯鮮軟。

豌豆圓圓，戲藏間、雞丁樓蘭。

蛋清糊，軟了胸肌，伴了南北前緣。

入家常、生命千年；會紅塵、末世翩翩。

素淡清著肌馥，輕淺美了紅顏。

阡陌街巷，戶戶攜此憶更年。

風敲竹葉天過午，巴眼街頭望斷。

調寄【東風第一枝】二〇〇九年十二月三日

響油蔥香藕片

嫩蓮薄玉，嬌白瓊透脂色新。
蔥薑攜味，攬卻酸甜骨入吟。
再添新酒，夏夜蟬鳴醉長音。
脆口爽魂，唱罷未來談古今。

調寄【減字木蘭花】二○一二年十一月十八日

徽州豆黃粿

無名緣出，無曆於世。
憑味傳之街巷，人欲走入千家，香草映月日。
徽州民俗殷陳是，豆黃裸粿如志。
叫賣聲、展卻千年，香酥黃脆，流延芳侈。

難為，徽商奔波，臨禦喜、銘享甜咸黃裸。
青石依火炭，油潤豆靡香鍋。
石頭裸喚千秋過，入浙海、無語天德。
今當盛世了，萬物擁現，有誰忘、石頭砵。

調寄【無愁可解】二○一一年六月十七日

後記

　　人生有太多的無奈。所以說，人在退休之後，在眾多的無奈之中，找了個間隙，尋點樂子。於是，這本集子也就誕生了。

　　人總是要吃飯，中國人基本上是要吃中國飯的。我喜歡做飯，因為可以有許多好吃的。做著做著，就就有了興趣，有時候，一高興，就給她照個相，寫幾句讚美的話，於是讚美菜肴的一些詩詞就出現了。

　　有時候，在做飯，吃飯，寫詩的時候，我還常常會產生許多感慨：

　　人人都知道，世界上有許許多多偉大的人物，比如，什麼哥白尼，伽利略，牛頓，愛因斯坦啊等等，這些大科學家，被人們傳頌著，紀念著。這，當然是應該的。可是，那些發明餃子、麵條，紅燒肉和無數美味菜肴的人難道就不應該被人們紀念嗎？他們不重要嗎？為什麼我們誰都記不起來他們了呢？我們每個人每天都在享受著前人創造的成果，可是，沒有誰想去感謝誰！這個世界真是不公平！我甚至覺得，為我們今天提供這麼多美味佳肴的古代先人們，比那些歷史上的大政治家，科學家，軍事家對我們每一個人的影響更大一些，更重要一些。因為，沒有他們為我們創造出的這

麼多的，數不清楚的美食佳餚，我們的生活就不會是今天這個樣子，我們就不會有今天的生活品質。我們的身體就不會如此健康，我們的社會也不可能有如此飛躍的發展。我們人類就不可能有今天這樣的進步。因為，「民以食為天啊」！

顯然，發明我們中餐食品和菜肴的人對我們的世界影響更大一些。

我們的先人在這千百年來的真真切切的努力，我們才有今天創造美好的生活的經驗。可是，在我們享受每一天的美食的時候，在我們享受我們幸福的生活的時候，我們卻記不起來了，記不起來誰是第一個做的紅燒肉，誰是第一個做的紅燜大蝦，那麼許多山珍海味，美味大餐竟是什麼人發明出來的，什麼人又在什麼時候把它們改進了呢？……。人，真是太健忘了，這是一種恥辱。

所以，我覺得，這個世界是不公正的，至少，在這個問題上，我們沒有善待那些為我們創造「吃食」的祖先們。

我相信，我們都是講恩德的，我們都是要感恩的。可是，在博大精深的中華美食文化面前，我們感謝誰呢？我真的很困惑。幾千年來，那些千千萬萬的普通百姓，那些千千萬萬沒有多少文化的整天圍著鍋臺轉的智慧的家庭婦女們，她們為了我們的民族做了多少實實在在的貢獻啊！對於這千千萬萬的無名英雄，對於那些一點一滴的為我們的中餐的色、香、味做著實際貢獻人們，對於那些無形之中為我們中華美食文化繪製成如此燦爛的畫卷的先人們，在此，我跪下了，拜謝了。

人類知識，是需要傳承的。但是，無論任何一門知識的

傳承都沒有「做飯」這件事的傳承來的重要，來的普及和廣泛。因為，這關乎到兒女的生存能力，關乎到他（她）們一生的幸福。因此，這是每一個家庭有意無意都在做的事情。幾乎所有家庭主婦如果在結婚之後不知道怎樣做飯，那都將是一件不愉快的尷尬的事情。生活將迫使她們要迅速的改變自己。這是無論在中國，還是外國，都是沒有例外的。家庭中傳授的有關炒菜，吃飯的學問，應該是人生的第一需要吧！那可比學校講授的枯燥的書本知識有用的多得多吧。

懂得中華美食文化的人，或者簡單的說，會做飯的人，她（他）的家庭，她（他）的生活會多了一個「幸福」的重要因素。可見「文化」是多麼重要啊。

上述感慨，是表達對創造我們偉大的中華美食文化的先人們的崇敬和感恩。

其次，我還要感謝在我完成這部詩詞集中所有的支持過我的朋友和親屬們。此外，在本書即將付印之時，我將真誠的感謝加拿大安大略省溫莎市的中文報紙《大眾時報》對中餐詩詞的支持和欣賞，感謝溫莎市眾多讀者的支持和喜愛。也正是由於他們的著許多年來的溫情鼓勵和默默支持，才有了今天的這本詩詞集的誕生。在此，請允許我對張敬增總編輯以及報社的相關人員再一次的表示真誠的感謝。

在我撰寫「中華古典詩詞簡介」，「八大菜系」簡介的時候，參考了百度百科，360百科以及網路上的一些文章，在此也一併表示我真誠地謝意。

書中的照片，是從網路上摘錄的，如果冒犯了哪位作者，敬請原諒。

國家圖書館出版品預行編目

中華美食詩詞集 / 鳳麟著. -- 臺北市：獵海人，
　2019.04
　　冊；　公分
　　ISBN 978-986-96985-8-0(上冊：平裝)

851.486　　　　　　　　108005247

中華美食詩詞集（上冊）

作　　者／鳳麟
出版策劃／獵海人
製作銷售／秀威資訊科技股份有限公司
　　　　　114 台北市內湖區瑞光路76巷69號2樓
　　　　　電話：+886-2-2796-3638
　　　　　傳真：+886-2-2796-1377
網路訂購／秀威書店：https://store.showwe.tw
　　　　　博客來網路書店：http://www.books.com.tw
　　　　　三民網路書店：http://www.m.sanmin.com.tw
　　　　　金石堂網路書店：http://www.kingstone.com.tw
　　　　　讀冊生活：http://www.taaze.tw

出版日期／2019年5月
定　　價／260元